雄性的江湖（短篇小说）

马金莲

那年初次见面，在葫芦镇街头一家小饭馆里，马先生三十岁，苏浅二十八。当时剩男和剩女这类词儿还没被创造出来。一对大龄青年男女互相打量，彼此的神情里都有倦怠。前期他经过多少次类似的相亲活动已经记不得了。她得倒是记得清楚自己被媒人牵引着奔波的趟数，重复了九次。都累了。对这件事本身的新鲜感大打了折扣。这次见面心里揣的期待不高，都少了刻意，反倒多了坦然。说话也就直白。马先生问苏浅，二十八了咋才找对象。苏浅毫不犹豫，说咋能没找，找呢，没碰上合适的。马先生进一步问，你觉得啥样的才算合适？苏浅依旧不过脑子，张嘴就说，找对象不是牲口配对儿，随便找一个就可以！处对象的话，至少得都有一点点感觉吧，可我见过的几个都没感觉，这可是要结婚过日子的，还得过一辈子，没感觉咋成？又不是自由市场买东西，买错了还能退，大不了再买一个！马先生不由得仔细

马金莲 2022.4.28于固原.

雄性的江湖

马金莲 著

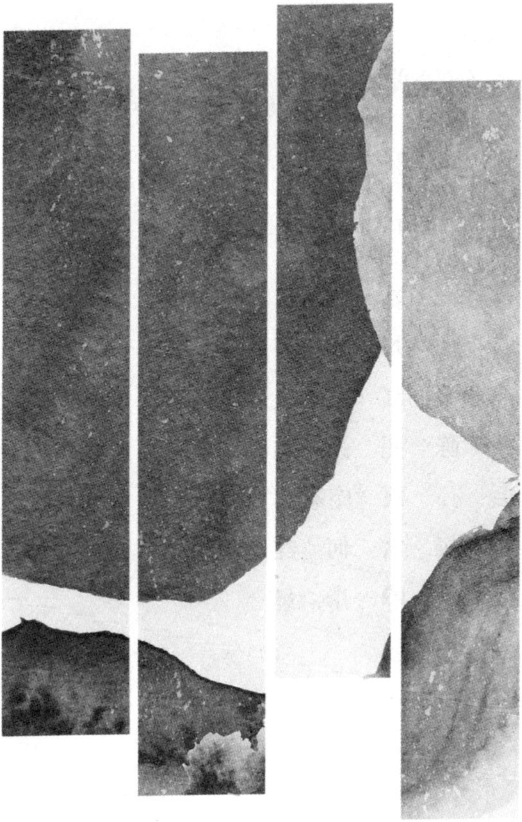

河北出版传媒集团
河北教育出版社

年轮典存丛书

编者荐言

中国当代文学已走过七十多年，每一次文学浪潮的奔腾翻涌，都有彪炳文学史的作家留下优秀作品。

回首20世纪七八十年代，改革开放开启了中国当代文学持续至今的繁盛，由于几百家文学刊物的存在，中短篇小说曾是浩荡文学洪流中的浪尖。然而，以1993年“陕军东征”为分水岭，长篇小说创作成为中国文坛中独立潮头的存在，衡量一个作家的创作成就及一个时期的文学成果，往往要看长篇小说的收获。中短篇小说的创作和读者关注度减弱，似乎文学作品非鸿篇巨制不足以铭记大时代车轮驶过的隆隆巨响。

进入21世纪，特别是党的十八大以来的新时代，我们乘着光纤体验世界的光速变迁，网络文学全面崛起，读图时代、视频时代甚至元宇宙时代的更迭，令人应接不暇，文学创作无论是体裁还是题材都呈现出一种扇面散播效应，中短篇小说创作也再度呈扇面式生长，精彩纷呈。

为此，我们特编辑了这套“年轮典存丛书”，以点带面地梳理生于不同年代的当代优秀作家的中短篇小说精品，呈现不同代际作家年轮般的生长样态。

我们不无感佩地看到，生于1940年前后的文学前辈，青年时已是文坛旗手，在当下依然保持着丰沛的创作力，他们笔耕不辍，使当代文学大树的根扎得更深。

“50后”一代作家已走过一个甲子，笔力越发苍劲。他们不断返回一代人的成长现场，返回村镇故乡、市井街巷；上承“40后”的宏大命运主题，下接烟火漫卷的无边地气；既广受外国文学的影响，又保有中国古典文学的高蹈气质。

在“60后”这一中坚力量的年轮线上，我们能看到在城乡裂变、传统向现代过渡的进程中，一代人的身份确认、自我实现，以及精神成长的喜悦和焦虑。

“70后”作家因人生经验与改革开放四十年紧密相连而被称为“幸运的一代”和“夹缝中壮大的一代”，也是倍受前辈作家的成就影响而焦虑的一代。如今已与前辈并立潮头，表现不俗。

而作为“网生一代”的“80后”和“90后”，他们的写作得到更多赞誉的同时，也承受了更多挑剔和质疑。但经过岁月淘洗，我们欣喜地看到，曾经的文学小将已在文坛扎扎实实立稳脚跟，相继以立身之作进入而立和不惑之年。

六代作家七十年，接力写下人世间。宏阔进程中的21世纪中国当代文学，正在形成新的文学山峰的山脊线。短经典历久弥新，存文脉山高水长。

目　录
CONTENTS

雄性的江湖

那年初次见面，是在葫芦镇街头一家小饭馆里，马先生三十岁，苏浅二十八岁。当时“剩男”和“剩女”这些词儿还没被创造出来。一对大龄青年男女互相打量，彼此的神情里都有倦怠。前期他经过多少次类似的相亲活动已经记不得了，她倒是记得清楚自己被媒人牵引着奔波的趟数，重复了九次。都累了，对这件事本身的新鲜感大打了折扣。这次见面心里揣的期待不高，所以都少了刻意，反倒多了坦然。说话也就直白。马先生问苏浅：“二十八了咋才找对象？”苏浅毫不犹豫，说：“咋能没找？找了，没碰到合适的。”马先生进一步问：“你觉得啥样的才算合适？”苏浅依旧不过脑子，张嘴就说：“找对象不是牲口配对儿，随便找一个就可以！处对象的话，至少都有一点点感觉吧，可我见过的几个都没感觉。这可是要结婚过日子的，还得过一辈子，没感觉咋成？又不是自由市场里买东西，买错了还能退，大不了再买一个！”马先生不由得仔细看这个大龄女青年，他这是第一次认真打量她，他忍不住哈哈笑了，说：“你倒挺直爽啊。”苏浅也笑，目光淡淡扫一眼他，说：“都这么大年龄了，早过了不直爽的坎儿。”两个人都笑了，都感受到了对方在这种事上的疲惫。相亲真的是挺累人的，相信那些把自己蹉跎成大龄青年的人一般都懂这感受。两个人还是没碰撞出啥感觉。媒人躲出去了，小饭馆里就剩他们两个人，周末的下午，没什么食客，生意淡，饭馆老板已经被媒人刻意拜托过了，不到点不会来打扰这对男女。茶水喝在嘴里比初冬的冷空气还淡，苏浅慢慢抿一口，再抿一口，心里说，时间咋这么慢哩，老杨老婆咋还不回来？马先生的手把一次性纸杯捏扁，又捏圆，再捏扁，心里说，老杨咋还不回来？其实老杨和老婆的时间也不好打发，他们躲在饭馆外的街上，街头冷，今儿不逢集，两口子一边打哆嗦，一边看手表，盼望时间过快点儿，说定的两个钟头马上过完。

时间在一分一秒中终于走完了两个小时。老杨和老婆兴冲冲地奔进饭馆门。饭按时上来了，四碗炒面，是马先生请客。这亲事能成呢，后面自然得重谢老杨的大媒；成不了呢，这一碗炒面就聊表了心意。四个人吃面，老杨老婆偷偷瞄几眼，凭她丰富的说媒经验，立马断定这一对男女没戏。既然没戏，就要按没戏的情况来调节气氛，就没有理由弄得欢快，这时候皆大欢喜肯定是很讽刺的。炒面片的味道比劣质茶水好不到哪儿去，几个人都嚼蜡一样没滋没味地吃完。起身离开的时候，马先生把头盔套在脑袋上，往腿上捆皮裤，说："苏浅你学校还有段路，我送你吧。"苏浅一愣，赶紧摇头："不用不用，我自己想办法。"苏浅以前相亲，因为都没好的结果，那些男青年就没一个主动送她的，苏浅也从来不敢奢望被人家送。马先生把头盔又扯下来，扣在苏浅头上："走吧，顺路着哩！"头盔大，苏浅小巧，整个头就被罩起来了。等她挣扎着从头盔的几个孔隙间调整出嘴巴、眼睛和耳朵，听得马先生在抖手里的一串钥匙："走吧走吧，放心好了，我没有死缠烂打的意思，我要回老家，真的只是顺路。"既然顺路，苏浅就坐到了马先生的摩托车后，隔着头盔给老杨两口子挥手再见。摩托车呜呜地叫嚣着，裹起风飞驰而行。

天气本来就冷，速度让寒冷加倍，风变成了利刃，刀刀都想见血。苏浅为了显得苗条，特意穿得单薄，风一灌，一件呢子大衣成了风口袋，不但不能挡风，还热烈欢迎风的光顾。身体本能地蜷缩，往安全方向挤。此刻唯一安全的所在，只有马先生宽厚的后背，她两个手哆嗦着抱紧了马先生的腰。马先生忽然刹车，停靠到路畔，苏浅赶忙跳下来，不明白他要做什么。马先生脱下身上的大皮夹克往苏浅肩头一裹，说："你穿那么少，这十里路跑完，肯定成冰棍儿了。"苏浅赶紧往下扒，怎么能要一个男人的衣服呢？虽然只是外衣，但两个人初次见面，还没熟到用人家外衣御寒的程度。马先生一把按住苏浅的手，说："我一个粗老爷们儿，这厚皮肥肉的，总比你抗冻吧？你要和那扭扭捏捏的女人一个样，就不要穿了！"苏浅愣住，我是扭扭捏捏的女人吗？不是，一直以来她都以性格豪爽著称，在师范学校时同宿舍女生和人打架，以邀请到她作为必胜砝码。再加上她这会儿实在被冻急了，忽然钻进一个又大又厚的羊皮筒子里，里头还带着他身上的温热，她还真舍不得脱下来还回去。两个人重新上车出发，车速还是那样，苏浅感觉风没那么刺骨了，扑打在夹克外头啪啪作响，已经和苏浅关系不太大，她被这个大皮筒子围裹得风雨不透。她大大方方伸手抱住前面人的腰，腰现在比穿着夹克时瘦了一圈儿，她用劲抱他，是想给他一点儿温暖。心里比身上还暖，想着一件事，风雪当中能把唯一的御寒外套脱给你的人，不是良配，那这世上还有什么男人堪称良配？

因为两人都是爽快人，有一拍即合的投契，这婚结起来就特别顺。除了娘家必要的那些彩礼和人情费用，新娘子苏浅这里几乎没有额外多要什么。衣服只买了两身，首饰买的是黄金质地，比黄金贵的白金和翡翠、钻石都免了。苏浅自己不计较，反过去安慰她父母，说马先生是实在人，她跟了实在人就希望过实在日子，那些花里胡哨的，实在没必要在意。新婚夜里马先生搂着苏浅，说他捡到了宝，这样的老婆，在如今的社会，上哪儿找去！苏浅心里踏踏实实的，羞答答搂着马先生脖子，说：“只要日子顺心，我就知足，咱以后一心一意奔好日子就是。”日子确实是好日子。马先生是镇政府干部，苏浅是乡村教师，结婚后苏浅就被调到了镇小学，马先生家又在镇街道上有座房子，小两口一结婚就住进了自己的房。现在还有什么不如意的呢？这样的条件真是羡杀多少正准备结婚的同龄男女。

婚后两周吧，苏浅发现马先生抽烟挺厉害，一天一到两盒，还都是比较贵的那种。一天二十块，一个月六百块，工资才有多少呢？简直不够抽烟的。一算把苏浅吓一跳，这不是败家吗？咕嘟咕嘟烟雾一冒，钱就没了，等于在烧钱。苏浅跟马先生商量：“你那烟能不抽吗？”马先生似乎吓了一跳，说：“这怎么可能？饭可以不吃，烟得抽。”苏浅这两周被他处处宠着让着疼着，有了一种错觉，这个男人会无条件对自己好，不管什么情况。他今天倒不是生气，只是有点儿认真，这一认真，一贯微微含笑的面孔上有了一抹僵硬，五官的棱角硬朗了许多。苏浅知道戳到了他的痛处，看来这里是个戳不得的软肋。她悄然做了转换，嘻嘻一笑，说：“好好好，舍不得戒，那就抽，其实我觉得男人抽烟挺有魅力的，不抽烟还像个啥男人？”马先生欢喜起来，搂住苏浅亲，说：“我就知道不会看错人，你这女人挺好。”

但毕竟日子得过，谁家的日子不是柴米油盐精打细算地过。苏浅又跟马先生商量：“烟还是收一收吧，比如换个牌子。”她去小卖部问了，比较便宜的有好几种呢，选择的余地挺大的，“还有，一天少抽一盒吧，一盒已经不少了。”马先生点头：“对对对，你这主意好，毕竟我们现在是一个家庭了，后面还得生儿育女，确实不敢这么挥霍了。”苏浅发现他嘴上说得很好，在实际行动中往往做不到，他有时候会买一盒便宜点儿的，可第二天又买的是贼贵的那种，有时候一天时间不见他抽烟，却在临睡前忽然就点起来，一根接着一根，把一盒抽完了，还满桌子翻着找香烟。苏浅不想絮絮叨叨抱怨，她见识过那些中年妇女，好像随着年岁增长，除了体重越来越重，再就是人变得越来越话痨。苏浅是新婚的妻子，日子还新鲜着，把日子过好的心气儿还盛，她发誓不让自己过早堕落到中年的庸俗里去。她容忍着马先生的毛病——现在在她看来这些都是毛病。

马先生还有个毛病，喜欢结交朋友。他交朋友有个特点，就是杂，可以用“三教九流”这个成语来做比方。他见了书记、镇长等顶头上司，不怯场，沉沉稳稳过去打招呼，一点儿都不像别人那样极力地奉承。他见了单位院里烧锅炉、扫卫生的老头儿老远打招呼，有时候还会坐在锅炉房门口跟老头儿下一阵象棋。他出门在街头走，卖熟牛头肉的张三撇欢欢喜喜喊他："有新来的报纸吗？"他也欢欢喜喜走上前去，腋下果然夹着一大卷新报纸，是他专门从办公室带的，给张三撇包牛头肉用。张三撇卖肉，一刀一块儿，称给一个主顾，得一方纸包。那时塑料袋这样洁净方便的东西还没有普遍使用，只能拿纸包。张三撇舍不得买白纸包，常年由马先生供给报纸。好在吃牛头肉的都是乡下人，大家骨子里对印在纸上的文字有一种敬畏，鲜有人嫌弃报纸油墨会沾染到肉。张三撇会顺手割一块儿牛舌头或者牛肝子下来，飞快地撒上调料，油腻腻的手提着递给马先生。马先生也不嫌弃，接过来就吃，那过程十分自然，好像在家里接过老婆递上的饭碗一样。马先生不白占便宜，隔三岔五和人去饭馆吃饭，会喊上张三撇。除非张三撇自己审时度势，看见一起吃饭的有镇政府的、邮电所的、供电所的、银行的，就主动不去了。

爱抽烟，还经常下馆子吃饭，马先生的那点儿工资哪经得起这样筛花？每个月能交到苏浅手里的就不多。苏浅忍了一年多，怀孕了，害喜害得惊天动地，吃一口吐两口，情绪坏透了，一直撑着的一个架子就这么倒了，再也做不成马先生眼里的那种贤惠女人了。她变得爱哭，爱闹，抱怨多起来。有一次撕了马先生一盒烟，还有一次跑到饭馆门口差点儿大闹了马先生和朋友们的饭局。"一帮狐朋狗友！"苏浅骂，"十回里头有八回是你在掏钱，这样的朋友算啥朋友？"苏浅揭短。马先生摩擦着一对拳头，看样子想打人，终究没打。把苏浅拉回家，说：“你和那些女人没啥区别，我看错你了。”苏浅说：“你瞎眼了行了吧！”她鼻涕一把清泪一把，小脸儿蜡黄蜡黄，一副痛不欲生的模样。马先生心软了，女人怀孕确实辛苦，他从前听说过。其实苏浅这小女生不闹的时候也挺懂事的，他耐着性子在家里陪媳妇，也能帮着扫扫地，做做饭，还能讲笑话给苏浅解闷。他的笑话都是从狐朋狗友那里听来的，什么张三撇会武功，能单手劈开牛头；什么某电工从几十米电杆上触电倒栽下来，歇了几个钟头又活了过来；什么贩粮的某胖子在县城还有个女人，也生了一窝娃；街西头那拔牙的杨板牙，都说有神功哩，拔牙前先给你发一发功,再拔就不疼了,其实哪里有什么神功,是抹了麻药水儿,骇人的是那麻药根本不是从正规医院开出来的……苏浅刚开始听着还新鲜，后面就腻了，骂：“都是啥狗屁朋友，一个个身上都发生这种离奇事，可见正人君子少！”马先生哈哈笑，拍打得膝盖啪啪响，说：“孔夫子诚不欺我，唯女子与小人难养也！”

有一天马先生带回来一个男青年。晚秋天气，还不是上冻的时节，这青年却显得十分瑟缩，好像那眉宇间的一丝困顿挥之不去，两个手老互相捏攥着取暖，见了苏浅先羞涩一样抿嘴一笑。马先生称呼他小穆。小穆上了饭桌吃饭的时候不吭声，埋头往嘴里刨饭，一口气能吃四碗米饭。苏浅背地里给马先生嘀咕："咋看着像个饿疯了的叫花子？"马先生手摸着下巴刚剃掉的胡楂："哎，眼皮子不能这么浅，你知道《水浒传》里的武松、杨志吗？这些个英雄人物，如果机遇到了，就是真正不得了的英雄好汉；要是时运不到，就只能寄人篱下受人轻看。"苏浅气笑了，说："武松在遇到宋江之前住在柴进家里做食客，杨志落魄的时候在街头卖刀，这些我咋能不知道？"

马先生拊掌大笑，说："知道就好，我啥意思呢，这世上并不是所有的金子都有机会在人前闪光，也有埋在土里的，世人目光短浅，还拿脚踩踏哩。"苏浅嘁一鼻子，说："哦，明白了，你这个小穆，就是暂时落魄的英雄侠士，所以咱们要好好待他？"马先生笑得嘴叉子咧开老大，说："对对对，贤妻有远见。"苏浅冷笑："万一他哪一天哪一年时来运转发达了，那时候就会报答我们？"马先生合上嘴叉子，摆手："不不不，你这就俗了，太俗了，大丈夫行事，但求问心无愧，我们拉他一把，不是为着来日求什么报答，如果真图个报答，那算啥男子汉！"

"哦。"苏浅气白了脸，勉强苦笑，说，"你原来是这么个人，我明白了，你骨子里是个大丈夫，中国人的血性和侠义心肠你都有。你做好事不留名，只图个自己心安。"马先生啪一拍苏浅肩膀，他手多重，苏浅多单薄，差点儿被拍成肉饼，他不自知，说："对对对，这就是我做人的追求，除暴安良，锄强扶弱，古道热肠，侠义为本，广交朋友，四海之内皆是兄弟。”

苏浅艰难地龇牙苦笑，点着头叹：“好，好好好，我明白了，你是个和别人不一样的男人，和大多数男人不一样，和现如今的男人都不一样。”这时候的苏浅，脑海里闪过一刹那的悔意，她在怀疑，自己是不是嫁错了，这个男人，好像不是好好过日子的料。她摸着腹中的胎儿，知道现在后悔已经来不及了，孩子都有了，那就只能好好改造，用日常生活来磨砺他的棱角。

小穆来家里吃饭成了常事。每次都默然跟在马先生身后，轻手轻脚进门，冲苏浅羞涩地一笑，好像还是初次上门那样腼腆。苏浅终究是心软的人，也不敢公然伤害马先生的面子，每次背地里叨叨叨抱怨一堆嫌弃的话，见了面对小穆是另一副面孔，热情地笑着，端吃端喝，一个劲儿让他吃饱。马先生饭饱了要抽一根烟，这时候两个手在身上乱摸，往往就摸空了。他是装不住烟的，很快会给别人敬完，或者被人连盒子顺走。这时候小穆悄没声儿地从自己兜里掏出一盒香烟递上，接着掏出火柴把烟点着。两个人配合默契，马先生是大哥，小穆是个懂事的跟班儿。苏浅就没那么嫌弃小穆了，觉得他懂事，能做马先生这个马大哈的烟袋子。

苏浅的肚子一天天大了，行动就迟缓起来。放学后去菜市场买菜，挺着肚子提两兜子菜，萝卜土豆西红柿，挺重的，她走三步，缓两步。有一天一个大手替她接过菜兜子，是学校里的同事——一个中年男老师。男老师也每天出来买菜，他也住在葫芦镇上。两个人以后就经常在一起买菜，苏浅的重菜就由男同事包揽了提。有一天两个人并肩走着，苏浅忽然感觉身后有人跟着。回头去看，街头赶集的人头黑压压一片，并没有熟悉面孔。走着走着，那感觉又来了，又回头，一个身影一闪，消失在人海里。过了两天，马先生喝了点儿酒，脚步趔趄地回来了，苏浅吃惊，质问他怎么堕落到这样，抽烟已经很过分了，又喝酒？马先生甩开苏浅要搀扶他的手，舌头木嘮嘮在嘴里搅，说：“去，去去去，你个潘巧云、潘金莲、阎婆惜！”这话没来头。苏浅是熟读《水浒传》的人，自然知道被马先生点名的三个女性咋回事。她气哭了：“马先生你啥意思，我咋就成潘巧云、潘金莲、阎婆惜了？为啥不能成孙二娘、扈三娘、林冲的娘子？”

当然，你没法跟醉酒的人讲道理。第二天酒醒了，苏浅堵住马先生不放他走，要他给个解释。苏浅眼泡亮啉啉吊着，显然是哭了半夜。她仔细梳理了自己婚后的行事为人，确定自己没有任何对不起马先生的地方，她没有勾搭裴如海和西门庆，更没有起暗害亲夫的贼心。要说唯一可以让人揪住当把柄的，可能就是最近和男老师一起买菜。说到这个她冤枉，更委屈，她肚子这么大了，隔三岔五提那么一包菜，她根本走不动路，一用劲就下面漏尿，小腹下垂。她借男同事的力咋了？那男同事虽然离婚了，但他又能从她这里占到啥便宜哩？她这么大肚子的女人，难道还能和他偷情不成？

理由入情入理。马先生目光躲闪，说：“这个，那个，都是我糊涂了，喝了点儿酒，脑子潮了，我也不知道自己都说了啥。”苏浅不能让他这样蒙混过关，她得查找是非的源头。马先生这个人豪爽、粗心，一般不会留意这些鸡毛蒜皮的杂事，肯定有人给他脖子下垫了砖头，苏浅得把这放砖头的手揻出来。这个周末小穆又来了，苏浅特意加了菜，好歹是客，他们待客一直都是诚心的。小穆还是蒙头就吃，一副饿了十天半月的吃相。苏浅给他夹菜，他伸手赶紧挡。他总是这样羞涩，认识这么久了，从来不跟苏浅多说一句话，好像在刻意保持一份距离。苏浅忽然脑中灵光一现，人海里一个鬼祟的身影尾随着她和男同事，她知道告密者是谁了。

小穆走后，苏浅和马先生吵了一架。这回吵得很凶，苏浅执意要马先生从此和小穆断了关系。苏浅往《水浒传》深处钻，对号入座，自己给自己找了定位，她说现在明白那夜马先生醉酒中骂出潘巧云是啥意思了，原来马先生自比杨雄，而那个替杨雄盯着嫂子的石秀就是小穆。苏浅不再称小穆为小穆，一口一个石秀，说：“石秀那小子混吃混喝，哪一回来我不是好茶好饭地伺候着，倒吃成仇人了，以后这个家里有他没我，有我没他！”这是放狠话了。不过苏浅和普通女子不一样，她熟读《水浒传》，自然知道石秀是真正的男子汉，说："马先生你不是杨雄，那姓穆的也不配做石秀，他给石秀提鞋也不配。"

从此这现代版的石秀还真从苏浅的生活里消失了。苏浅心里倒不踏实了，问过马先生咋回事。马先生反应倒很平常，说："哦，他嘛，好像去外地跑生意去了，具体我也不清楚。"他自己都不清楚，苏浅也就用不着心有愧疚了。接下来的日子，苏浅生娃，拉扯孩子，日子更加的鸡零狗碎，人也变得跟最初相亲那会儿越来越不像。有时候受不了她的唠叨和抱怨，马先生就跺着脚说："女子善变，原来是真的，古人诚不欺我。"苏浅搂着儿子冷笑："古人古人，一天到晚把古人挂在嘴上，你我生活在当今好不好，当今的社会，古人那一套早过时了好不好？脑子里一天到晚装着你那些行侠仗义、除暴安良的天真念头，传出去要闹大笑话的！"

女人爱唠叨，男人就会想办法远离。趋利避害，这是动物的本能。马先生其实是个优柔寡断的人，离婚自然是不会的。他也挺心善，把苏浅母子怎么样也是不会的。他变得不太爱回家了，下班后赴饭局，没饭局就蹲在街边跟人闲扯，有时候跟三五个朋友去远处玩儿。他这人有些方面品性挺好的，比如打纸牌和垒麻将，他玩儿，但大了就不沾了。他的原则是娱乐可以，远离赌博；和人去外市逛夜景、吃风味都可以，但要是找小姐他就抽身走人；和人一起去亲近领导，供领导驱使可以，但要他跪下舔领导，他不干。坊间给他的定义是：一个好人，一个当今社会少有的好人。

好人马先生在四十一岁这年遇到了一件大事。这之前他的人生都是比较平顺的，该结婚的时候结了，该生娃的时候生了，工作不好不坏地干着，上头一双父母健在，所以他在这世上算是比较幸运的人了。那件大事不知道是怎么酝酿起来的，等苏浅察觉的时候，他们已经不瞒人了，连街头卖牛头肉的张三撇也知道了。张三撇对提着菜经过肉摊子的苏浅笑，有些神秘地说："还亲自买菜啊？再等几天就好了，我马哥当了官儿，你就是镇长夫人了，放在旧社会，那可是官太太，得雇好几个丫鬟伺候着。"

苏浅早知道这张三撇是马先生狐朋狗友里的一员，她刻意远着他，因为她闻不惯他捆在肥腻肚皮上的那个能滴下油来的老护裙上发出的味儿，隔老远都能呛死人。她被张三撇的话吓一跳，前后左右飞速扫几眼，跨步靠近他，瞪一眼，问："你胡说些啥？我咋听不懂！"张三撇一愣，肥脸上的肉腻腻地抖起来，笑得很开心，好像他和马先生之间有什么生死同盟的秘密，而这个秘密苏浅作为结发妻子居然不知道。他为自己战胜了苏浅而得意。苏浅有些固执地瞪着，不愿意再靠得更近。

张三撇的眼睛像羊。不是羯羊，是那种很老很老，老到没脾性的母羊的眼睛，圆溜溜瞪着，显得单纯而无辜，瞳仁上一层油脂样的网状物，让瞳仁脏兮兮的。但是他自己不以这样的形象而自卑，他傻而赤诚地看着苏浅。这发现让苏浅哭笑不得。她迟疑着，看这个人的眼神不由得跟着软和下来，悄声问：“究竟咋回事，谁要当官儿？镇长夫人咋回事？”张三撇似乎很欢喜她能靠这么近，油脂网状物后面闪出一抹光，嘴咧得很大，黄牙齿触目惊心，他故作神秘地、郑重其事地，又得意扬扬地说：“我马哥呀，镇政府不是换届吗，他要竞争镇长，兄弟们都帮他拉选票！”他说得很快，说完伸出一段舌头舔嘴唇。他的舌头肥厚、硕大，像一片刚出锅的牛肺叶，有些笨拙地扇动着。苏浅脑子里飞快运转，转了一圈儿，就断定确有其事，不然这个卖下水肉的屠夫不可能说得出如此有眉有眼的话。换届、选举，这样专业的词，不是贩夫走卒之流凭空想得出的。坏了！苏浅脑子里轰然一声，转身就走，她要马上见到马先生。张三撇在身后一脸迷惑，这嫂子一听能当镇长夫人，欢喜傻了吧。

苏浅在午饭时间逮住马先生追问真相。马先生先要抵赖，苏浅祭出张三撇，她学那屠夫的样子，把舌头横着压扁，从舌面上挤出一股浑厚来，复述了张三撇的原话。然后一本正经地看着马先生，说：“马哥，袖筒里藏不住火，都这时候了你还想瞒我？”马哥知道确实瞒不住了，说：“哎呀，这个三撇子，嘴咋这么松哩，说好的揭开锅盖前，谁都不能溜气的。”气得苏浅差点儿喷出一口老血，她彻底愤怒了：“姓马的你啥意思？在你眼里，在你心里，我还比不上一个卖下水肉的屠夫？你们锅里煮的啥，我没兴趣知道，可你现在这事儿弄得太大，我不能眼睁睁看着你叫他们撺掇着往火里头推，你跌进去粉身碎骨那是你的事，但你还是我丈夫，是我娃的老子，是你先人的儿子，你把自己放炮了，你可以不在乎，可我们咋办，这个家的日子咋办？我们还指望你那一份工作、那几个工资过日子哩！你不能这么胡来你知道吗，你这等于在玩火！”

马先生哈哈笑，腾出手来拍苏浅的肩，说：“哎呀呀，叫老婆大人受惊了，我是个浑蛋，我知道错了，我改还不行吗？那件事本来就是个玩笑，大家在饭桌上说笑的，我咋会这么做呢，我又不是脑子进水了，你就放宽心好了，踏踏实实过咱的日子，天塌不下来。”苏浅一听这话，那颗悬起来的心才算落地，抹着沁出眼角的泪珠儿，说：“我就说嘛，你咋能犯那低级错误呢，好歹也是行政单位混了这些年的人了，不会那么傻，还真以为能靠自己就捣鼓个镇长当上。”说完她又补充意见：“哎，你以后离那些三教九流贩狗耍猴的都远着点儿吧，你看看都是啥朋友呀？你是公家干部，就不应该跟那些没文化没规矩没眼色的人混在一起，叫领导咋看你这个人，会把你看低的，你想过没有？长期这样对你影响很不好，对你声誉也不好，名誉真要坏了，就算镇上要提拔人，也轮不到你了。”

马先生一愣，有些认真地打量苏浅，好半天没说话，最后叹了一口气。苏浅不明白他啥意思，也懒得去追问，反正她说的都是掏心窝子的话，为他着想的话，她对他是全心全意掏心掏肺的。她真担心他那些狐朋狗友结交他的初心，万一有人使点儿坏心眼儿呢？他这个人就没有防备人的能力，她总担心他吃亏。马先生终究忍不住说了一句话："我那些朋友是三教九流都有，也有人过得贫贱，可他们的心干净着呢，苏老师你可以不和他们有交集，但你不可以质疑他们的人品。"说完他大踏步出去走了，不给苏浅争辩的机会。苏浅回味了半天，哭笑不得，也就罢了。反正这些年都是这样过来的，她早就适应他这重友轻色的做派了。

大概过了两个星期吧，马先生忽然不按时出去上班了，也不出去会朋友了，成天在床上躺着，睡着了呼噜打得山响，醒来后两个手抱着脑袋望住天花板发呆。苏浅忙，早出晚归的，还得伺候他吃喝，伺候了几天发现了不对劲，问他咋了，多少年来他都是勤勉的人，只要家里没事牵绊，他就会出去上班，下班后三三五五去吃饭、喝酒。现在太阳从西边出来了，叫人怎么不奇怪！马先生头发长了，也不梳，毛墩墩的，眼角堆满眼屎，牙不刷，嘴臭得熏死人。他用被子捂住头，说："哎呀，你真烦，叫人休息几天嘛——"他真的不高兴了，苏浅就有点儿怕他，不敢强行揭了被子拉他起床。她出去买菜，特意从张三撇的肉摊子前过，张三撇还是腰挂油围裙，胳膊上套着油汪汪的护袖套，手里捏着刀子，闲闲地切空气呢，一刀一刀又一刀。他应该看到苏浅了，他装作没看见，上眼皮往下一耷拉，肉乎乎的那层皮就像帘子，把瞳孔盖住了。苏浅心里一动，挤到小桌子前，从手中的塑料袋子里抽一根葱，软软地戳屠夫手里的刀，说："咋了，不认得你嫂子了？"张三撇慢慢抬起脸，笑容比哭还难看，说："嫂子这话咋说来，我就是不认得全葫芦街的人，也不会不认得你。"苏浅冷笑："哼，你们做的好事，事情要能成，你们跟着沾光，事情败了，就死活由一个人去了？"张三撇的胖脸扭成了麻花，颜色像煮熟的牛肝子，吭哧半天，忽然抓起一大块牛头肉往苏浅怀里塞："嫂子，你给我哥吃吧，他爱吃我煮的牛头肉，有肉吃他就高兴，他说这辈子最大的乐趣就是喝着小酒，就着牛头肉，给个神仙也不换。"

苏浅把肉丢回摊子上，扭头就走。张三撇没否认，说明她猜对了。既然猜到是咋回事，马先生的颓废就可以理解了。望着被窝里蜷成虾球的马先生，苏浅又恨又怜，兑半盆热水给他洗了头，拿梳子一下一下梳头发，又用剪刀替他剪，半天时间才捣鼓出一颗清爽的脑袋。她拉他起来，说要带他出远门，去泰山看日出，去华山参观侠客们论剑的地方，去三亚海滩上晒太阳，去大草原骑马射箭。祖国这么大，美景那么多，为什么不去游玩游玩呢？马先生坐起来，对着镜子瞅他自己，伸手摸头发，说："世界那么大，可我现在没有勇气去看，我得挣工资养家糊口——”又看看镜子，叹一口气说：“英雄肯定有，但在传说中。”说完他换上中规中矩的衣着，提上公文包，出门走了。

苏浅怎么放得下心，一路悄悄跟随，发现马先生一路不走弯路，也不沿途逗留，穿过葫芦街，一直走进镇政府去了。苏浅松了一口气，放心了，能去上班，说明他爬起来了。一个男人一旦爬起来，哪怕心里已被伤得体无完肤，只要是他自己爬起来的，那接下来的路，哪怕是步步踩刀尖，也能往前扛。马先生这个人苏浅还是了解的，她苦笑着悄悄离开了。

日子又回到了原来的样子，好像世界还是那个世界。大家还是那样活着。但苏浅知道，有些时光是回不去了，已经被篡改了。就像女人脸上起了皱纹，你就是拿熨斗烫，也还是回不到从前的模样。马先生的变化细微、具体，他的饭量增了。从前饭量挺好，但不贪吃，感觉饱了就放下碗筷，能管住嘴。现在嘴不听话了，明明肚子饱了，嘴还馋，眼睛也馋，不多消灭掉一盘菜或者一碗面，就不能平息欲念。吃得多，活动却少了，他成了个不爱动弹的人。没事窝在沙发上看电视，没人打扰能从早看到晚。小肚子很快鼓起来了，下巴垂下来一圈儿，五官的轮廓变模糊了，头皮往外渗油，头发三天不洗就腻了。脖子粗了，脖子也渗油，经常能看到一根油腻腻的脖子顶着一颗油腻腻的脑袋，望着电视屏幕打盹儿。

性功能倒增了。从结婚到如今，这些年马先生在这方面其实是冷淡的。苏浅长期观察他，发现他不是对老婆冷淡，他是对所有女性都没多大兴趣，属于不好女色的那种男人。这种男人当然让老婆放心，不用担心他会在生活作风上出啥问题。他和苏浅过性生活，像吃饭穿衣等这些生活里的必需内容一样，苏浅想要，他就给，苏浅不主动，他也从来记不起主动。每次都好像例行公事一样，刚入佳境便开闸泄洪，很少贪求。像武斗场上的侠士，需拔刀就拔刀，该收鞘便收鞘，干脆利落，从不啰唆。这些年苏浅适应了这个男人。现在他忽然贪起来，有时候某些部位早鸣锣收兵了，身子却还赖在苏浅身体上，像孩子在留恋母爱的温情，久久不愿离开。有时候时间明显比过去长，他一边动作，一边搂着苏浅，搂得很紧，他还要更紧，苏浅几近窒息的时候他才松手。还有几次他呜呜地哭起来，脸紧镶在苏浅的乳房之间，鼻涕和眼泪糊得到处都是。他难过什么，苏浅是知道的，他现在过得不顺心。

自从那次参选镇长后，马先生就成了葫芦镇最大的笑话，笑话不光在基层政界流传，连葫芦镇街头的老百姓也都当下饭菜般热烈地咀嚼着。谁都知道葫芦镇出了个大头，有野心，没谋略，纠结了一帮子酒肉朋友，像《水浒传》里的那一帮子梁山好汉一样，悄悄“造组织的反”，在选举中不投上头预定的人员，票都投给了不是候选人的马先生。计票结果一出来，书记火冒三丈，当即上县去见上级。事情就是这样一个过程。马先生怎么被教育，做检讨，停工作，深反思，老百姓们对这些没多大兴趣，官场的那些明争暗斗蝇营狗苟，他们懒得去想象，他们更感兴趣的是，马先生参选这件事本身。他们一边碾着辣椒面儿，一边打着喷嚏，一边竖大拇指，说："多少年了没见过这样有血性的人，敢跟政府对着干，敢在头头眼皮底下偷梁换柱，是个汉子！"他们一边补着臭鞋，一边忍受着众人脚步腾起的尘埃，一边咧嘴大笑，说："马先生算真正的男子汉，能团结那么多人为他卖命，说明他为人不错深得人心嘛，这样的人要是放在古代，就是揭竿而起、逐鹿天下的英雄，是刘邦项羽瓦岗英雄水泊梁山那些人！"

百姓就爱图自己的口舌快活，哪里知道这个他们眼里的英雄，早就连立足之地都没有了，如今在镇政府是过街的老鼠，领导们恨不得都追着打。日子不好过，还得过，马先生好像麻木了，居然还天天上班，为的是每个月的那几千块工资。

苏浅什么都知道，只是她不说出来，也不劝，因为没法劝。他们就共同装傻充愣，谁也不去碰那个大脓包，大家绕着走。但代价是必须付出的，因为这世上就没有不付代价便能轻松过关的行为，代价就是马先生的变化。他被当头一棍子打蒙了，可笑又可悲的是，这个出棍子的人就是他自己。这就属于自作自受、自食其果吧。如果换了那些刻薄的女人，肯定将这样的话早骂出口了。苏浅没有，这就是她最大的优点，可以为别人锦上添花，绝不会落井下石。当然，她偶尔也会口气温和地数落数落，絮叨一下马先生的缺点，说他这个男人啊，具备中国男人的所有优点，也包揽了所有的缺点，他远看挺诱人，有长相有身材，挺英俊硬朗的一个人，脾气豪爽，不拘小节，钱财大方，很好相处，可这些优点只适合远观，一旦走近，跟他过起日子，你就会发现优点一个个地全变成了缺点。一句话，他就是缺心眼儿。苏浅这话其实是有所针对的。本来嘛，既然事都出了，现在马先生就应该认清了那些朋友的真面目，该是和他们一刀两断划清界限的时候了。但这样惨痛的教训居然只起了半个月的作用，现在有一个人又出现了，那个畏畏缩缩、迟迟疑疑又贼头贼脑的人——苏浅现在看马先生过去的旧友都不顺眼，不要说看到，就是想起来也能生气。那些朋友也都识趣，事发后都脚底板抹油——溜之大吉了，张三撇的下水肉摊儿也不见了，苏浅说："好，真好，从此可算认清了那些人吧，一个个就是酒肉朋友，有酒大碗喝你的，有肉大块吃你的，现在集体把你弄进了烂泥沟，他们溜了！这样的朋友，还不如没有！"可是小穆出现了。小穆越发瘦了，身子骨像个姑娘家，犹犹豫豫走进苏浅家的门，看到马先生喊了一声"哥"，哽咽了。

马先生望着小穆久久打量，叹一口气，说："兄弟啊，大浪淘沙，留下来的才是金子。经过这个大跟头，哥算是认清谁是真心，谁是假意。”说完让苏浅准备饭菜，他要和兄弟好好叙叙旧，把多年不见积攒的话都给说完。苏浅把火气压下去，割了肉，买了菜，又是炒，又是拌，有荤有素地端了一桌子。等小穆吃饱喝足离去，苏浅变了脸色跟马先生交涉，说：“古人早就把真理说透了，吃一堑长一智，你栽跟头是受了那些不三不四的朋友的煽惑，现在好了，亏也吃了，咱总得留个教训吧，依我一个妇女的浅薄见识，你就快刀斩乱麻，这次把所有过去的朋友都断了吧，咱从头开始，重新生活。”马先生懒洋洋地舒展身子，眼神固执，说：“世上的人都可以断，就这个小穆不能断，我现在是最倒霉的时候，这时候大家都躲着我走，只有他上门来看我，这就是真朋友啊，好兄弟！”说完他忽然抬手，啪，将一个玻璃杯扫落地上，吓得苏浅一哆嗦，知道马先生生气了。马先生一生气，苏浅就闭嘴了。

说到底苏浅是有一点儿怕马先生的。她可以絮叨、抱怨甚至嘲笑马先生身上的一些东西，比如懒散、迟钝，甚至在有些人情世故上的笨拙，有时候乐于被人欺骗的幼稚，毫无节制的傻大方，被狐朋狗友们蹭吃蹭喝，等等。但是，马先生如果真的生气了，他身上会有一种特别的东西闪现出来，应该是男子汉的气概吧，很大男子的那种豪横、霸道、不容置辩，甚至会出手，像武侠剧里那一言不合就拔刀相见的大侠。这种东西苏浅惧怕，也敬重。说到底，她也曾是一个挺豪爽的女人，中学时看武侠小说，也曾幻想自己能做甘十九妹、袁紫衣、小龙女一类侠骨柔肠的奇特女子，当初也因欣赏马先生的豪迈才走到了一起，就算生活这把杀猪刀将人心削砍成什么模样，青少年时代就萌生、收藏在心底的那些美好不会消失。这时候她就让步，她心里说谁叫你选了他呢，他是武松，是林冲，是杨雄，也是鲁智深。他有时候宁可没有你，没有这个家，他也愿意保留那些所谓的朋友，这个苏浅没法改变。本来苏浅以为他这次教训如此惨痛，该完全改了脾性。现在看来，“江山易改，本性难移”是铁打的真理。小穆一出现，马先生就伤疤没好便要忘记疼痛。苏浅拿他没办法，只能在心里生小穆的气。小穆好像对这些浑然不觉，他比过去来得勤，越发不把自己当外人，来了和马先生长篇大论地说古论今，饭熟了就吃，吃完抹嘴走人。马先生对他的印象越来越好，给苏浅感叹说过去自己看走了眼，对这个小老弟不够亲，现在看来还是他真，老哥身在难中的时候愿意来，这才是真性情、真君子、真朋友。

气得苏浅哭不出来，只能笑。她提醒马先生留个心眼儿，谁知道这小穆现在还上门来图的是啥，小穆属于没正式工作的人，更像走江湖的，这里漂泊，那里游走，居无定所，没家没舍，这样的人，比卖肉的张三撇还不可捉摸。她觉得马先生都过不惑之年的人了，该是活得聪明一点儿的时候了。

马先生眼神迷惑又倔强，说苏浅太世俗，把人心都想坏了，他相信世上有真的朋友，有金钱难买的情谊，就像小穆这样的兄弟，不是一奶同胞，绝对胜过一奶同胞。

苏浅拿马先生没办法，也看他如今一个朋友都没有，每日里孑然一身，那光景确实看着凄凉。她心软了，像接受身体里横生的一个肿瘤一样，接受了小穆。尤其每次买菜经过肉摊子，看不到张三撇出摊，苏浅就感慨无比，说："那个胖子平日里哥长哥短嫂子长嫂子短的，嘴倒是甜，看这个人遇了事，就连人影子都看不到了，用得上这么躲吗？我们又不用你咋样帮忙，只是像小穆一样上门来看看，对马先生也是一种安慰呢，唉，人心不古啊，世风日下啊。"常叹息，人易老，苏浅感觉自己这些日子猛然老了。同时发现马先生的鬓边也白了不少。两相对照，好坏分明，苏浅对小穆的抵触和戒备之心淡了很多，每次小穆在饭菜就特意丰盛一些。

有一天马先生跟苏浅借钱，两口子过日子，哪有什么借不借的，不过是从这个兜里掏出来装进那个兜里的事情。鉴于马先生这些年大手大脚，苏浅才特意跟他划清财务界限，各自的工资各自花，孩子共同抚养，老人一起赡养。马先生每次工资透支了，就找苏浅借，借了也会还。他属于那种敢傲视金钱的人，但不是无赖，每月工资一发就第一时间还苏浅的账。苏浅也没多想，问他需要多少，他说一万。一万有点儿多，苏浅想到他这些日子心里积压了太多郁闷，就不忍心再多叨叨，把钱转了过去。过了两周，马先生又跟苏浅借钱，要五千。苏浅也没多问转给了他。又过了五天吧，马先生说再借一万。苏浅这回忍不住了，问他这么短时间里频繁要钱做啥。马先生叹一口气，说："小穆借，他有个生意周转不开，跟我倒个手。"苏浅眼睛直了，心里说坏了坏了。顿时记起来这个小穆有日子没来家里吃饭了，原来他现在和马先生单线联系，避开了苏浅，难怪苏浅没察觉是他在借钱。苏浅问："小穆哪里人，家里做啥的，做着多大的生意，具体在哪里做，你了解吗？"

马先生大张嘴，傻看着苏浅，那神情要多无辜有多无辜，愣了半天反过来问苏浅："你啥意思？难道这小老弟能骗我不成？"他语气里有了愤怒："我说你们女人家能不能别这样爱钱，人活着难道不应该有点儿别的、更纯粹的东西？如果世人一个个地都眼睛只盯着钱，我觉得这世道也太没意思了。"说完他显得很生气，站起来走人，拒绝和苏浅继续交流。苏浅气出了眼泪，撵着他甩出去一串话，每句话像子弹，嗖嗖嗖飞射，被惹急的情况下苏浅也不是吃素的，况且这次牵扯到了钱。一大笔钱呢，又不是马先生一个人的工资，是苏浅辛辛苦苦攒的血汗钱。苏浅说："你跑啥呀，心虚了对不对？你也觉得被骗了是不是？这姓穆的哪里人、多大了、干啥的，这些基本情况你根本就不了解对不对？他只是你朋友的朋友的朋友，你其实对他一点儿都不了解对不对？他跟着你蹭吃蹭喝也就罢了，现在连钱也骗起来了，我攒那点儿钱容易吗……”苏浅把自己说伤心了，呜呜地哭，想起嫁给他这些年，有时候觉得也能满足虚荣心，毕竟和他站在一起，他高大威猛的形象很让女人脸上有光，他结交广泛又为人豪爽，曾经在葫芦镇名声挺好的，可如今看来那都是毛驴拉的粪蛋蛋——外头光啊，里头糟透了，具体只有她这个枕边人清楚。别的不说，只说这次的事，你说一个四十几岁的大男人，还能眼睁睁让一个比你小十几岁的给骗了？第一次受骗也就罢了，还能接二连三地给人家打钱，到现在还护着那骗子，世上真有这样傻的男人？怎么就叫她苏浅碰上了？

这时候小穆的微信来了，催问马哥钱准备好了吗，他实在转不开，能指望上的就只有马哥了。还发来一些照片，说是他的公司、他的流水线、他的物流，其中有一张里他出了镜，站在一家公司门口，西装革履的，还真有公司小老板的派头。马先生欢喜起来，截图发给苏浅看，好像这图片是一剂强心针，打进了马先生这个濒死者的体内。他眼睛里有红黑色血丝，他瞪着牛眼问苏浅：“看到了吗，我小老弟没骗人吧，我说你啊，就是太现实了，怎么看不到人心的美好哩。”苏浅有一点儿迷惑，看照片确实是人模狗样的小穆，不像落魄的样子，难道真是一时周转不开才暂时倒手？马先生委屈又坚定地说：“我看人挺准的，小穆错不了，讲义气，有情义，是可以交心的真兄弟。”苏浅后来觉得自己这一刻肯定脑门叫驴踢了，她糊里糊涂就又转了一万块给马先生。幸好转了忙又撤回来，只转了五千，说这是最后一次了，后面一分都没了。儿子要买个遥控玩具车她都没舍得花那钱呢。

马先生收到五千块，可能脑子里开了一点儿缝隙，透进来一缕灵光，没有悉数转给小穆，只借了四千，留下一千他自己零花。小穆收了钱，说他下周四一定还，加上前两次的一起还，还发了个举起胳膊加油的小表情。马先生好像被这个表情注入了某种自信，欢喜起来，又给苏浅发截图，说："看到了吧，这回再不用怀疑了吧。"苏浅把截图存下来，说："那我等着，看他到时还不还。一个人品性好不好，我只看行动，嘴巴上说的不算。"

说定的期限很快就到了。这天睁开眼苏浅就提醒马先生，看钱转过来没有。马先生看微信，他和小穆的聊天时间停留在上周，并没有转款过来的新信息。他一笑："急啥，一大早的。"午饭桌子上苏浅看马先生，目光里的内容马先生懂，他看了看手机，还是没有新信息。其实他不用装模作样看手机，这个上午他在单位几乎看了一上午手机。"还有半天时间——"苏浅软软地款款地自言自语，"合起来才算一整天嘛，赶在晚上十二点前把钱打过来，也算今天还了账。"马先生没接茬儿，嘴角微微勾起，一抹还算自信的微笑挂在那里。

时间是无情的，夜晚来了。晚饭马先生没有和苏浅头对头坐一起吃，他端起碗蹲在桌角，噗噜噜噗噜噜就把一碗饭吃完了，好像他是敞开衣领从脖子里灌进去了。苏浅用笃定的目光打量他，结局她觉得已经可以猜到，所以没必要再揪住不放。一万九，她就当被贼偷了。晚上十二点一到，马先生给小穆发微信，先是文字，接着语音，又直接打视频电话，电话被拒绝接听，他再打，嘟一声就中断，有文字显示连接失败。马先生忽地坐起身，发文字，发一次失败一次，文字说您和某某某不是微信好友，需验证后才能聊天。他想直接拨打电话，却发现通信录里没有小穆。他呆呆地坐着，冥思苦想了一阵，喃喃说："原来我没有他的电话号码，我压根儿就没存下他的号码，我好像这几年就没跟他打电话联系过。""那是用什么联系呢？"苏浅在身后梦幻一样问。马先生被梦的气息笼罩了，也有了梦幻的味道，喃喃说："我们其实很少联系，我好像从来没有主动联系过他，他对于我好像也不是多重要的人，他在，我就打个招呼，一起吃、喝、耍，说话；他不在，我也记不起来有这么个人。现在想来，都是他在联系我。他想出现，就出现了，他想失联，就不见了。"苏浅也欠起身子，压制着声音里的愤怒，平静地反问："这样说来，他不是有意失联，只是可能跑生意去了，等过些日子赚钱了就会回来看你？"马先生乖孩子一样点头："对啊——"又摇头，口齿有些缠绵，软软地说："也不对啊，以前他跟着我只是吃喝，这回借钱了，一万九呢，我四个月的工资加起来才这么多。”苏浅连愤怒的心思都没了，说：“微信他删了你，电话你不知道，那他家在哪里？公司在哪里？明天咱们上门找，我就不信他还能跑了和尚也跑了庙！逮住了我先给他脸上美美地啐几口，他吃了我多少好饭好菜，就这样玩消失，他对得起谁！”

马先生把手机捣鼓过来捣鼓过去好一阵，估计在微信里寻找小穆的蛛丝马迹，又四处打电话，询问朋友以及朋友的朋友，谁认识小穆，谁知道怎么才能找到小穆？问了一圈儿，他把手机丢到桌子上，颓然地看苏浅，说：“奇了怪了，这个小穆，葫芦镇就没人认得！我一打听，他们一个个说不上个子丑寅卯也就算了，还反过来问我，说是我最初把小穆带到大家面前的，大家一直以为是我的朋友。这事我咋就没印象了？”他天真地看着苏浅，在等答案。

苏浅和他对视，问：“那他叫什么你总知道吧？也许可以去派出所查，网上输入姓名一查就啥都清楚了。”马先生更茫然了，头无辜地摇着：“我不知道他的名字啊，一直喊小穆，那肯定姓穆了，具体啥名字没问过。”“那还查个屁！”苏浅爆了粗口。紧跟着觉得有点儿过了，赶紧补救，说：“连基本姓名都不知道，那就没法查，我现在都怀疑这个姓是不是他的真姓呢。”马先生有几分可爱地点头：“好像还真是有可能，我那回模糊听得他在电话里跟人说他的名字，好像不姓穆，是怪怪的一个姓。”

你就说摊上这样一个男人，你能拿他怎么办？清蒸、爆炒还是水煮？他顽石一块，刀枪不入，你还能拿他怎么样。苏浅咯咯咯笑起来，笑得在床上栽跟头，笑得眼泪都出来了。接下来的生活陷入一种怪异的气氛里。空气像帐篷的顶布，被绷紧了，有看不见的手在四下里悄悄拽，越拽越紧，眼看那弹性就要被绷到极限。马先生和苏浅就在这个紧绷的外壳下面喘息、等待、熬煎。这时候苏浅已经走出来了，她在心里换算了一万九千块钱的价值，是她三四个月的工资，够给儿子买半屋子玩具，能买五百斤生牛肉，能给她买一件貂皮大衣，可以给马先生买块好手表，够给父母一两年的零花钱……女人就是这样，善于用具体而琐碎的实物来化解心里的块垒。思虑结束就放下了，放不下的是马先生。他对这个事上了心，看样子很受打击，这个程度比仕途失败、前途断送、全镇笑话还要大。他变得有些神神道道了，没事就望着手机里的小穆的微信看，人家把他删了，他还保留着人家，那只是一个他看不到对方任何信息的账号，那头像不是小穆，是一张美颜功能处理过的妙龄女郎的脸，很妖娆地望着马先生。马先生给小穆打视频、发文字、发语音，一次一次又一次，一条一条再一条，自然是一次都成功不了，他已经不需要成功，他需要以这种方式打发无聊的时间。

他们不做爱了，很久很久都不做。白天他们各去各的单位，夜里他们一张床上各睡各的，就算共处一室，却能互不干扰，两具身体失去了交流的欲望。马先生有时候会出去，一去半天；有时候半夜才踏着月光归来。莫不是跟那些狐朋狗友又勾搭起来了？苏浅心里猜测，嘴上不说。人到中年，早就学会惜字如金了，更深谙“水至清则无鱼”这句话里的真谛。

有天半夜时分，有人拍大门，苏浅下去开。门一开，两个叠加的身子一头倒栽了进来，差点儿将苏浅撞翻。一个人影挣扎着爬起来去扶另一个，跌跌撞撞中，一个声音喊：“嫂子嫂子，快扶我哥。”苏浅吃了一惊，这不是那个卖下水肉的张三撇吗？竞选事件以后他从葫芦街上消失了，这会儿从哪里冒出来的？

等进屋在灯下细看，可不就是张三撇。他明显瘦了一圈儿，刀条脸上坑坑洼洼的，一副不知道遭受了多少人间苦难的倒霉相。他在苏浅的目光里显得无地自容，又找不到地缝让他钻，就搓着两个大手傻笑，说：“嫂子对不住，哥对不住，我张三撇不是人，不够朋友，我哥遇了大事我没帮上忙，不是我有意不帮忙，是真没时间帮啊，我老岳父出车祸了，这半年我陪着他住院哩，人瘫痪了，还要跟撞人的司机打官司。唉唉，掉进没头官司里半年时间我脱不出身。”

苏浅冷眼细瞅，发现张三撇人暴瘦了，脸倒是白了，不像在街头卖下水肉那会儿又黑又红，确实像待在室内半年不见阳光才能捂出来的那种白。苏浅把马先生翻转过来，发现他眼睛上斜，嘴角流着口水，一副中邪的模样。“咋喝成这德行？”苏浅拿手拍他脸蛋儿。马先生推开她的手，嘴里喊着：“小穆，我找小穆，我小老弟小穆，你是死是活是人是鬼，你好歹给哥闪个面嘛，你要实在手头困难你拿去花就是了，你用不着这样对你哥嘛——”他舌头肥大了一样，满嘴横着，说话挺吃力的，却喜欢喋喋不休。苏浅给他擦洗了一下，抬到床上，盖上被子。他脖子一歪又吐了两口，接着就鼾声如雷，睡死了过去。

张三撇哭丧着脸再次给苏浅解释，他真去医院了，他这半年真的贼忙贼忙，他现在恨自己不是东西，他在哥最需要的时候不在身边。苏浅懒得听，推他出门，把他跟黑夜一起关到了门外。

这年春节刚过，马先生从葫芦镇政府办了病退，他不用天天去上班了。他现在完全是一副老态了，人更胖了，背塌下一个坑，走起路来腰乱甩。他不爱在家里待，每天吃过饭就提个小马扎出来，混在满街的贩夫走卒当中，和羊贩子说说羊，与补鞋的盲眼干谈谈鞋，看葫芦镇首富田歪脖子老汉收购假古董……他天做幕，地做席，做到哪里就打开马扎一屁股坐下去，和谁都能说得来，一街的商贩就没有他不认识的。有那细心的人留心的话，会发现他出现频率最高的地方，就是张三撇的牛头肉摊子，要么坐左边，要么坐右边。他坐右边的时候，张三撇的马扎就摆在左边，他要是在左边落下屁股，张三撇只能挪到右边。两个人，一高一矮，一胖一瘦，哼哈二将一样守着一个由两把凳子、一张木板支起来的案子，案子上的大木盘子里，塑料布下盖着煮熟的牛头、牛蹄、牛内脏，红的、白的、黑的、褐的都有，圆的、扁的、大的、小的齐全。张三撇不吆喝，像钓鱼的姜太公，愿意买者自己来，不愿来者自便，他乐呵呵地和马先生下着一盘棋。倒是马先生在一盘棋打马过河直捣黄龙之后会站起来，掀开塑料布，拿苍蝇幌子重重地甩几下，空气噼啪作响，他喊："牛头肉嘞——牛肝牛肺牛肠牛肚牛百叶，不吃不知道，吃了忘不了，不尝嘴不馋，尝了想三年！"

父 亲 的 雪

记忆里那可能是世界上最大的一场雪。

雪花变换着姿态在半空肆意舞蹈，舞出世上最好看、最难模仿的身姿，然后，无声无息地落到地面上。路旁的白杨树肯定在我们不留意的时候，将身子一再蜷缩，打出一个个无声的寒战。在大冷的寒冬，它们才是最贫穷的，连件御寒的衣衫也没有。那些葱绿了一个夏天的叶片，一到冬天就纷纷逃离枝头，叛离树身。大树没有长腿，无法走路，也就无法躲到可以避寒的地方。在漫天的落雪里，道旁的白杨，尤其显得孤零、苦寒。它们的身影，使得漫天的风雪显得更无情更寒冷了。

一年四季忙活的农人们，趁着这场大雪能稍微地歇缓几天了。在严冬里，捂在土炕上歇息，真的是一件最舒服最幸福的事。一年三百六十五天，我们这里的人几乎连一天也不能闲下来。春天耕种，乏牛乏驴在鞭子的驱赶下把每一个山头山洼山脊梁儿走遍。它们身后拖着沉重的犁铧，最后跟着扶犁的男人。男人后面，是衣衫褴褛的女人，由她们小心地把各色种子撒进身下的土地里。她们总是乘人不备，将粮食塞进自己的大口里。她们饥饿的大口，简直要把盛粮食的木升子吞下去。大家的眼睛是贪婪的，更是饥饿的。队长对这些情况了如指掌，却是毫无办法，简直伤透了脑筋。各种各样的，人的脑子能想出来的法子都用上了，还是无法有效地制止大伙儿偷咽种子的行为。在众多方法里，最毒辣的一招，是把人的尿拌在种子里。队长将他全家人一夜的尿接在一个大木桶里，晨色朦胧中，将那桶尿水当着大伙儿的面哗地倒进粮食里，搅拌几下才开始播种。黄乎乎的尿水，看得人直犯恶心。大家暗暗咒骂队长那个肥婆娘——这么骇人的主意，除了他那个婆娘，谁还想得出来呢？然而，耕种一会儿，到日头冒花子的时节，肠胃终于禁不住粮食的诱惑了，有人悄悄把粮食灌进嘴里，忍着恶心吞下去。一旦有人开了头，后面就纷纷效仿，女人们干脆放开了偷吃。每每往嘴里灌时，粗粝的手掌会将粮食狠命地搓搓，似乎这样就干净了，就没有尿臊味了。大家一面嚅动着嘴唇咀嚼，一面议论几句队长的肥女人。那个让大家尝她尿的女人，这会子肯定在吃早饭。她干的当然是最轻的活计——在伙房当炊事员。谁都知道，队上最轻省最有油水的活计就是队长和保管员、饲养员、炊事员。

本来我母亲还准备在王家多待些日子，她想等我和哥哥稍微大一些了再走。她的三个娃娃确实太小：大姐十一岁，哥哥八岁，我是她生在王家的最小的女儿，刚好五岁。我五岁的这个年头，母亲还在王家塬劳动。偷吃拌有尿的粮食的女人群里就有我的母亲，那个高个子、显得单瘦的女人。母亲是个喜欢热闹的女人，她的嘴一刻也不愿意停止，总是在说话，和女人们说各种各样的耍话。没有了男人，母亲还是爱说爱笑的样子，本性一点儿没改。女人中就有人议论，说这个女人度量大得很，惊人哩，离了男人日子一样往下过，咋就没见她垮下来。

日子当然得往下过。母亲回绝了那些不断上门的媒婆，她说不跟人了，这辈子不出王家的门了，守着娃娃过呢。

母亲没有守住她的诺言，很快就跟人了，并且离开了王家塬。

种完麦子种豌豆，然后种胡麻，种莜麦、燕麦、洋芋、糜子、荞麦。等到把四下里的山头全部种完，已经是四月锄草的时节了。夏季更是忙，收割的活计一直持续到深秋。碾场的事推迟到冬天。大家在雪窝子里抽出麦子，摊开在集体的大场上，老牛和乏驴拖着碌碡，吱吱咯咯一直响到老历年跟前儿去。过了农历年，又得动弹了，背粪。所有的农家粪土都得由人力背送到各个山头，所以，一个冬天都别想消停。我们盼望下雪，下大雪，大得能把世界淹没的雪。大雪天队长不会吹着哨子喊“出工了出工了”。下雪的天气里，大人和娃娃都是自由的。

我就是在这些自由的日子里去了趟母亲家，是巴巴送我去的。巴巴要去他的丈人家，顺便把我捎在毛驴的背上。毛驴的蹄子踏在雪上，咯吱咯吱响，响声匀称有力，像精心敲出的鼓点，好听极了。巴巴是个爱说笑的人。刚上路时我们什么话也没说，耳边响彻着雪落的声音和驴踏雪的声音。巴巴在拼力打驴，只怕雪下厚了路面打滑。二娘的话一直在我心里翻腾。临出门，二娘为我换下烂成线串串的衣裤，换上了赛赛的汗衫和裤子。赛赛明显不高兴，嘴巴噘得老高。若是平时，她肯定会冲过来，从我身上把衣裳夺去。今天没有，今天我要去自己的母亲家，二娘肯定早就对她讲了，用带着威胁的口吻说：“今天你得让着阿舍子，惹哭了她回去给她娘说，若是她娘听到啥闲话，我砸断你的腿子。”所以赛赛只是用眼睛看着我穿上她的汗衫，眼里的火苗在呼呼地蹿，却被她一再压回去。赛赛眼睁睁地看着我骑上驴，和她的父亲出了门。

赛赛一定也想出门的。她经常会跟着二娘出门，到她的外奶奶家、姨娘家去浪亲戚。浪亲戚真的是很好很幸福的事。赛赛每当跟她娘从外面回来，都兴冲冲地不断炫耀，说她吃到了白面做的饭，而且是长面，还吃到了馍馍，还有其他的好吃的，反正都是些平日根本无法吃到的稀罕物品。赛赛偶尔也会分一点儿给我。可是，二娘家的娃娃多得挤破头，大家你哭我号，你争我抢，分到每个人手里的，仅仅是只能用牙尖尝一下的一点儿。深深的遗憾攫紧了我的心，要是我们的母亲也在，领我们去自己的外奶奶家浪，那会是多么惬意的事。哥哥在不远处看着，他已经是大娃娃了，不会挤到娃娃堆里来争抢那一点儿稀罕东西。哥哥的神色落寞中透着沮丧，我知道他其实很馋的，他也想尝尝好吃的食物。他会和我一样，想到我们的母亲吗?

临出门，二娘忽然拉住了我的手，二娘的手心潮乎乎的，我干燥的小手到了她的手里，觉得软乎乎的，被这种软和包裹着，就有种喘不过气来的感觉。我感觉口干舌燥。我像一条游上旱滩的鱼，想挣脱这绵乎乎的手心，可是，我知道自己不能，不敢。我清楚自己此去，并不是永远留在母亲身边，而是像走亲戚一样，走走，浪浪。有一天，我还会回到这个家里，与二娘一家过日子，吃二娘挣来的饭菜，穿二娘缝的衣裳。所以我不能在临走时得罪二娘，我还会回来的。再说，因为这样的事伤害她，我是不忍心的。二娘的脸上显出巴结的意味来，这是我第一次看到，这样的意味会面对着我。是我，而不是别人。真是太意外了。平时，二娘总是将笑脸，将笑意里荡漾的巴结神色送给队长、会计、炊事员、饲养员他们一伙人。巴结他们，我们这样小的娃娃也会，也知道那是些不能得罪的人。队长掌管着一庄子人的生计大事。会计只要在我们劳动的工分本上稍做手脚，我们就会面临很长一段日子的饥荒。二娘像众多女人一样，总梦想着有朝一日得到某个掌握大权的人的特别青睐。至少，她不敢将一张板着的脸对着人家。二娘只有回到家里，脾气才会忽然暴躁起来，不时找机会打某个娃娃一顿。二娘从来不打我和哥哥，其实这远比打我们一顿叫人难受。打娃娃时的二娘眼圈儿青黑着，脸色黄唧唧的，脸上的皮松松地垂着。她使劲的时候，那皮就一抖一抖地动，好像那不是一个女人的皮肤，而是糊在墙上的一片牛皮纸，年深日久，糨子干裂，色泽暗黄的牛皮纸就随风抖动。二娘狠劲儿地抡开巴掌抽打某个娃娃。二娘的五个娃娃都挨过这种巴掌。娃娃没命地哭，二娘会忽然停止抡巴掌，扑过去抱住娃娃颤抖的身子，有时候二娘自己也会哭起来。而每每这样的时候，总是大家端着大小不等的碗吃饭的时候。二娘从伙房打来的饭永远是稀汤糊糊。队长的肥老婆做饭的情景我们站在远处看过，在烧开的水锅里，撒进一堆切好的洋芋块，有野菜的话也撒进去，然后撒把面，烧开了，撒一大把盐，一顿饭成了。大家拿着家具排队，挨次打饭。二娘把我们的饭菜端在一个瓦盆里，回来就用木马勺给大家舀。大人每人一大碗，娃娃一小碗，外加半碗。我们等不及汤水变凉，就稀溜溜地吞咽下肚。肚子里强压的饥饿被唤醒了，急剧地折腾着肠胃。喝完汤，我们互相看着对方，恨不能连吃饭的家具也吞咽下去。稍一停顿，大家不约而同地奔向瓦盆，盛过饭的瓦盆还静静地躺在那儿。有人抢木勺，有人急得用手抓，盆底残留的一些稀糊糊很快被我们的手抓完了。大家舔着嘴角残余的一丝汁水，意犹未尽地互相看看，饥饿的意思流露无遗。二娘忽然就抓过一个娃娃狠狠地抽打起来，巴巴的劝说是无效的，只能是火上浇油。好像是巴巴惹恼了她，她扔下娃娃，抓住巴巴号哭，骂出一些莫名其妙的话："这么多嘴，这么多嘴，你叫我咋养活？叫你当好人！叫你当好人！"二娘的娃娃一齐哭着。我和哥哥没有哭。已经是司空见惯的事了，哭什么呢？再哭，也不会把肚子哭饱。这样的事情发生一回，哥哥就会很长一段日子显得闷闷不乐。吃饭的时候也不会争抢盆底的那点儿剩汤水，而是无声地舔碗，把他自己的碗舔了一遍又一遍。舔过三遍，放下碗出去了。脚步"扑沓扑沓"响动，找一点儿活儿干。哥哥是不会管我的，他知道我饿。我混在二娘的娃娃里，和他们一起抢木勺，争着抓盆底的残汤，大声争吵，互相大打出手。哥哥只用深沉的忧郁的目光远远望着我。

直到有一天，二娘又和巴巴打起来了。不知道二娘的哪句话戳疼了巴巴，巴巴忽然跳起来，扇了二娘一个大嘴巴。二娘扔了空碗，呜呜地哭着说："王二你坏了良心，瞎了眼，啥破烂也往家里收拾，你叫我跟着你受穷。"他们对骂的时候，我还和我的堂兄弟姐妹们争夺剩余的汤水。哥哥忽然一把抓住我的头发，把我扯出了屋子。哥哥打了我一个嘴巴子，不等我哭出声，他自己倒先呜呜地哭了。哥哥说：“你是个吃屎的货，咱娘的脸都叫你丢光了。你能不能争点儿气？”哥哥的眼泪蓄谋已久似的洪水一样，决堤而下，他简直哭成了泪人。我抬头看看天上，四月的天气好明朗，庄稼的青苗在不远处发出幽幽的草味，世界上一切正常。可是，我的一向默默无言的哥哥怎么了，怎么将巴掌抡到了我的脸上？

接下来哥哥对着我讲了一大堆道理。讲了什么，我一点儿也没往心里去。说实在的，我念念不忘的，是瓦盆底还有一点儿稀汤。现在肯定叫赛赛他们吃了。少吃那么一口，我会觉得一整天都是饥饿的，都处在深深的遗憾里。哥哥叽叽喳喳说了些什么，我吃了晚饭才隐隐记起一点儿来。好像说什么巴巴夹在中间受气，我们不能为难他，这不是我们的家，我们不能和赛赛他们争抢，等等。哥哥的话我很快就忘记了，呈现在我眼前的是大大小小一共九张饥饿的嘴巴。真正顶事的劳力只有巴巴和二娘，我们都还小，赛赛和哥哥只能算半个工。劳力少嘴巴多，我们只有挨饿的份儿。

饥饿是一种说不清楚的东西，让人一动也不想动弹，只想整天睡在一个地方，迷迷糊糊地活着，却又无法安静地待着。大人出工去了，我们把家里可能藏有吃食的地方翻个遍，连柴窑的墙缝里也找遍了，什么也没有。有的只是几件破烂的衣裳、几双鞋子、几根木棍。我们知道有半袋炒面装在木箱子里，那是二娘陪嫁的箱子，一把大铁锁子牢牢地锁在上面。我们将无数的手印留在木箱上、铁锁上，可是，终究没有勇气砸开铁锁。砸锁子的石头，窑门前就有一块，二娘冬天腌菜用的。那块石头，砸开这把锁，估计是轻而易举的事。可是，谁有这样的胆量和气魄呢？谁也没有，除非二娘回来，用腰上的那把钥匙打开来，给娃娃们一人分那么一点儿炒面。我们贴着箱子的边沿嗅着，像饥饿的瘦狗在嗅一截干枯的陈年老屎。可能这炒面放的时间长了，已经没有莜麦炒熟的那种浓浓的香味了，飘散出来的味道淡淡的，在鼻息里流淌。可是这已经足够吸引我们了，让我们长时间留恋在箱子边，舍不得离去。

后来我们就离开箱子，到门外的地上去找一些草根啊野菜啊一类的，充充饥。

在围着箱子打转，在地里寻觅野菜的时候，我无时无刻不在想着一个地方——我们曾经的家，母亲和我们一块儿生活过的那个家。对于父亲，我一点儿印象也没有。我的生身亲父，他刚刚把我带到这个世界上，就离开了我们，留下我们孤儿寡母。据说父亲在咽气之前拉着他的兄弟——也就是我们的巴巴的手，死活不放，只是流眼泪。那一口气就是不断，巴巴哭着说："大哥你放心，你的娃娃我会收留的，我不会叫他们没家没舍的。"

父亲这才慢慢松开手，咽下最后一口气。

母亲原本是不想改嫁的，她想把我们几个娃娃拉扯大再看情况。

是谁逼她离开这个庄子的，我不知道。我只知道我的母亲人长得展脱，背粪的时候，队长亲自过来盯着过秤。队长指着母亲的一背篼粪说五十六斤。母亲再背一回，还是五十六斤。母亲回身看看其他背粪的女人，脸色渐渐绿了，就不敢再背了，装作肚子疼。到收工时，只磨磨蹭蹭地背去一回。几个女人已经用别样的目光盯着母亲的脊梁看了。女人们用的是同样的背篼，别人的是四十几斤，最多不会超过五十斤。队长居然给一个人接连称出了五十六斤。是秤出了问题，还是队长的眼睛有问题了？

后来，等到庄稼收完，进入冬天，我们的母亲就改嫁了。从王家垴嫁到了一个叫作李家梁的地方。李家梁的那个人用毛驴驮走了我们的母亲，同时带走的还有我的大姐，哥哥和我留下了。大姐是准备给李家的大儿子当媳妇的，他们没有理由再带去我们两张吃白饭的口。李家听说也有好几个娃娃，日子想必不怎么好过。

母亲一去就永远消失了一样，再也没有在王家垴出现过。他们带走了姐姐，这是人们看得见的，不知道大家看见了没有，母亲还带走了一样东西——我和哥哥的心。自从母亲走后，我的心悬在半空，总是无法落到实处。我看见我们的老院子被队里当了牲口圈，队上的牛和驴就关在我们曾经睡觉、吃饭、打架、说笑、哭闹的土窑里。我们和母亲一块儿生活过的土窑，就这样一天天失去我们留下的痕迹，变成粪味弥漫的牲口圈。我心里那个焦急啊，真想不明白这些人为何偏偏要把牲口圈到那里，他们怎么就不想一想，那可是我们的家啊。要是有一天我们的母亲回来了，我们还会到那里过日子的。我深深坚信，我的母亲会回来的。总有一天，她会忽然出现在我们面前，用她粗糙的手心摸我们的脸，抱着我们在门口的土台上晒暖暖。

母亲却永远没有回来。一天过去了，两天过去了，一个月过去，两个月过去，转眼到了第二个冬天，距离母亲改嫁整整一年了。就在我几乎不再那么急切地想着母亲的时候，巴巴忽然说明天带我出门，看我的娘去。

我看见了世界上最大的一场雪。出门的时候，雪下得正欢畅。大片大片的雪花，起劲地落着。它们似乎想把世界上的一切东西都埋起来，埋在纯洁干净的白色里，让什么都是同一个颜色，包括高低起伏的山峦、蜿蜒曲折的山路，还有地面上行走的我，还有他。

他走在我前面，从一开始，这个人就走在我的前面。我们一直无声地走着，从出门到雪落了半拃厚，我们一直没有开口说话。其实自从母亲走后，我就变得不爱开口说话了。一来因为饿，饥饿让我没有多余的力气说话，尤其是那些可有可无的废话。还有，我发现离开母亲，离开我们从前的那个家，离开那熟悉的氛围，我说出的话好像没人太在意。赛赛他们总喜欢围住二娘说："我饿，我饿死了啊。"好像他们这样不停地叫就可以减缓肚子里的难受。我不会这样叫唤的，二娘已经够烦的了，她亲生的几个娃娃已经够她受的了，我的轻微叫唤她根本无暇理会。再说，我能深深地感觉到，撒娇一类的话，只能在自己的母亲面前使。二娘不是我们的亲生娘，我们之间隔着一层东西。我慢慢学会了沉默，有什么都忍着，除了到瓦盆前争抢那点儿剩饭的事。我和哥哥之间也没有了说笑打骂。我们过去曾经那样地大打出手，为了一块馍、一个小小的玩物等，我们互不相让。我们叽叽喳喳，恨不能吵翻了头顶的天。母亲劳作之余，忙于调解我们的纠纷。气急败坏的时候她会捞根棍子追赶我们，棍子抡在屁股上啪啪响，挨到棍子的人哇哇地哭叫。我们是那么伶牙俐齿，可是，母亲走了，我们可以肆意哭闹、说笑、打架、对骂的家没有了。我们挤进了巴巴的家，巴巴的家对于我们来说，熟悉又陌生。我和哥哥像两个楔子，硬生生插进了巴巴的家。巴巴原本和谐的家里出现了裂缝，是因为我们的插入而出现的裂缝。二娘的孩子一个个张着永远饥饿的嘴，现在忽然多出来两张同样饥饿的嘴巴。我们等于在巴巴家原本流血的伤口上又撒进了一把盐。对于我们的到来，二娘显得很矛盾。二娘其实是个心善的女人，好多年里，她分给我和哥哥的饭量，不比她给自己亲生的五个娃娃的少。劳动的间隙里，为我们大家做布鞋子，一双手被针线磨得常年脱皮。二娘就是嘴巴不好，心里的气不顺，不断找巴巴的毛病，摔摔打打地，骂出的话里夹枪带棒，我们终于听明白了，她是在抱怨丈夫收留了我们，叫她原本艰难的日子更加艰难。在二娘家里，我和哥哥都变了，慢慢忘记我们以前的调皮，变得沉默寡言。

雪花是一片一片落下的。风紧的时节，眼前一片白茫茫的，没有边际，路面早被积雪淹没。严冬的大雪居然不怎么冷，落到脸上凉凉的，只是稍稍一落，就随风走了。雪花也在赶路吗？那么急匆匆的，她们是在寻找自己的家吗？她们有家吗？她们是否也没有父母，才在这么冷的天里出来寻找？雪花就不怕冷吗？一直响着的咯吱声停下了。停了一会儿，迟疑着，又重新响起。我不抬头看，我知道是那个人放慢了脚步，在前面等我。他总是走得很快，大大的步子，一步一步往前迈开，踏在雪上，发出咯咯吱吱的脆响。渐渐地，踏雪声变得沉重起来，给人感觉那双脚底有黏糊糊的东西在拖曳，步子就无法迈得干脆利索。他个子实在高得吓人，我母亲本来是个大个子的人，与他站在一起，我发现母亲显得有点儿瘦小——简直就是个矬子。大个子的人在不远处停下了，背着手，抬头看天，同时咳嗽了几声，把一口痰吐在路边。雪白的地上顿时多了一团黄乎乎的东西，破坏了眼前纯白的世界。我磨磨蹭蹭地走近前去，从一上路我就有意与他拉开了距离，一直默默地跟在他身后，保持着不远不近的距离。他也是个话少的人。在他家的十来天时间里，我看出来了，他喜欢安静地不出声息地干活儿。在他的家里，他一刻都不停地干着活儿。大雪封门的那几天，别人都在睡懒觉，他谁也不支使，一大早开了门，唰唰地扫雪。雪下了整整一天，他也不停地扫了一天。母亲看着不忍心，说："你缓一缓好吗，队上的活计干得还少吗，你想挣死啊？"母亲的语气里有责备也有疼爱，我已经能感觉得到分辨得出了。我当时坐在他们的炕上，我坚持叫"他们的炕"，虽然从我一进门，母亲就说把这儿当成咱原来的那个家，不要害怕，但我还是固执地认为这不是我的家。我的家，我们的家，早在母亲改嫁的那天荒废了、破碎了，永远也无法重新建起。因为我和哥哥，我们共有的父亲离世了。所以当母亲指着站在地下的这个男人说："这就是你'新大（爸）'，快叫'新大'。"我动了动嘴唇，他们以为我叫了，高兴地说"好好好"。他们哪儿想得到呢，我想说出的那个字是"不"。我想说："不，他不是我的'大'，我的'大'早睡在坟院里了，睡了两个年头了。"

我站住了。他站在路边，犹豫着，好像在等我。我就不喜欢他这种犹豫不定难以决断的样子。在巴巴家，我如果像他这样优柔寡断，想好了才蹭到锅边的话，那点儿剩汤早就被别人抢去了，我只有饿着肚子遗憾了。这个人，白杨树一样高大的男人，在我面前总是一副羞怯的模样，这叫我感到不舒服，觉得别扭。我以前的父亲，我的亲生父亲，据说长着凶凶的胡子楂，说话声音粗大，动辄冲人瞪圆一双眼，像牛眼。大家敬他，也怕他。所以我一直认为真正的男人就该是他那样的。这个领走我母亲的男人，竟是这样一个面善的男人，我觉得母亲是不是上了媒人的当，怎么能嫁给这样的一个没有男人模样的男人呢。

雪还在下，这是入冬以来最大的一场雪。在记忆里，我好像没有见过这么大、来势如此凶猛的雪。真的是大雪啊，雪落在我们的身上不见消，而是积攒了起来。我看见行走在我前面的那个身影渐渐变成了一个白色的雪人，只有裤子、后衣襟等雪花无法站住的地方尚显示出来那是个真正的人、活动的人。他的肩膀胳膊全被雪埋了，头上那顶自己缝的狗皮帽子被雪覆盖，头就成了一颗雪头。在大雪覆盖的茫茫世界里，他的影子像个鬼魂，无声挪动的鬼魂。我低头看自己，我的身上同样落满了雪。起一阵小风，雪花就扑进我的鼻子里、耳朵里、衣领里。雪花似乎在和我捉迷藏，冰凉中带着湿润的雪花，追赶着我，让我无处躲藏，无法躲藏。我的头重重的，是积了过厚的雪的结果。我们一直没有伸手去拍打雪，我没有，奇怪的是，他也没有。他一直走在我前头，没有回头，但他似乎看见了我失魂落魄的模样，看见我悠悠晃荡在漫天风雪中倔强而委屈的脸。他没有拍打落在身上的雪，他和我，我们都变成了雪人。我们的脚上都穿着我母亲做的棉布鞋，是那种沉重的模样笨拙的大棉鞋。

要去看母亲了，我却高兴不起来。巴巴把我放在驴背上，他自己脚步“扑沓扑沓”地步行。巴巴是个嘴巴闲不住的人，用二娘的话说就是喜欢穷开心。去母亲家的路几乎全是山路，坑坑洼洼一点儿不好走。毛驴一颠一颠的，巴巴也一晃一荡的。巴巴对着一只飞过头顶的鹰唱起了歌儿，他是一路唱着把我送到李家门上的。和巴巴在一起赶路的感觉轻松又有趣，尽管我一路上并不轻松，我在忐忑不安地猜想着将要面对的环境和陌生的人。巴巴还在唱，不停地唱。难怪二娘说他们家都是被这个穷开心的人吼叫穷了：“把一点儿福气都吓跑了嘛。”二娘撮着嘴说。正是这个穷开心的人，用歌声让我一路沉浸在遐想里，渐渐忘了顾虑，下驴后大大方方地进了母亲家的门。

要是他也唱个歌子会怎么样？肯定能缓和一下这种紧张的气氛。可是我知道不可能的，他不是巴巴，不是巴巴那种睡梦里也唱歌子寻开心的人。他对我小心翼翼的，给人感觉他欠了我什么，一时无法还清，就处处留意，处处小心。他还不如他的那个大儿子，他的大儿子，也就是他先前那个女人生的娃娃，我倒乐意喊他哥哥。那是个喜欢用大眼睛愣愣地瞅人的男娃娃。我下驴时，就是他跑出来，把我从驴背上扶下的。没人的时节，他和大姐说笑。他和我的大姐，他们已经定了亲，不久的将来，他们要成为夫妻，在一块儿过活一辈子。我对母亲现在的男人没有好感，但对这个未来的姐夫打心眼儿里满意。他和我的大姐十分要好，做饭的时候，跑进厨房帮大姐烧火。我们三个人说说笑笑的，不一会儿我就不紧张了，最初的那些胆怯担忧悄悄地跑光了，感觉他就是我的另一个哥哥。我有些遗憾，我的亲哥哥没能来，他留在巴巴的家里。天晴了他还得背粪、挣工分去。我出门的时候，他躲在柴窑里，他一定在偷偷地哭。我的那个哥哥总是背过人悄悄地哭，却不让我告诉任何人。我知道他想母亲和大姐，我也想。我们的想念赛赛他们永远不会明白，他们只会对着我们红红的眼睛起哄，拍着巴掌嘲笑。

我未来的姐夫，有一个好听的名字，叫阿里。

要说我和哥哥与赛赛他们有什么相同的地方，就是我们都饿着肚子，都穿着破烂的衣裳。赛赛已经是什么都明白的年纪了，我们一起玩耍的时节，她不止一次说过同样的话。她说他们碗里的汤为啥那么清，他们为啥比别人家的娃娃饿得厉害，就是因为家里多了两张口，平白多出来的两张口。

我隐隐明白这两张口与我们有关，与我和哥哥有关。巴巴和二娘对我们是一视同仁的，我饿得面黄肌瘦，赛赛他们的脸也是菜色的。我们玩耍的时节不敢使劲追赶，过于出力的活动会让人感觉脑子里一阵一阵的空白，感觉脑子里有一片水在晃荡。尤其是饥饿得厉害的时候，这种晃荡叫人一动不敢动，肚子里有无数的猫爪子在抠，心口烧烧地疼。头顶的日头变成了两个、三个、无数个。五颜六色的日头在眼前晃荡，眩晕的光环将我们紧紧包围。

这种饥饿一直持续到夏天豆角成熟的时候。夏天可能是世界上最丰满最可爱的季节，绿绿的苦苦菜顶破地皮，在荒野里田地里悠悠生长。不下地干活儿挣工分的娃娃手里提着笼子，到野外去铲苦苦菜。嫩嫩的苦苦菜铲下去，根部会流出一股白白的乳液一样的东西。我们将嘴巴按上去贪婪地咂吮着汁水，味道是土腥的，有点儿涩，饥饿的感觉反倒更加真切了。我们不约而同地把苦苦菜塞进嘴巴，香甜地嚼着，嚼出满口的绿水。苦苦菜真是世界上最好吃的东西，铲满一笼子提回家，二娘回来看见了脸上顿时有了笑意。用清水洗一洗，放进锅里，等灶上的汤打来了，倒进锅里，添几瓢水，撒一把盐巴，苦苦菜就滚成了美味可口的吃食。

并不是一直有这样的好日子，因为苦苦菜有挖完的时候。满山洼都是挖苦苦菜的娃娃，过不多久，田头地埂的苦苦菜会一扫而光。走七八里路往往挖不满笼子，走着挖着人就倒在某个山头上，好半天起不来。这时候豆角熟了。从豆角刚刚顶破花蕾，仅仅雀舌大的时候，我们就开始留意它们了。饥饿难耐的时候，就想象豆角成熟的景象哄骗自己。豆角成熟后鼓鼓的，啪的一声打开了，露出一排翠绿的水灵的瓤，豆皮也脆生生的，能嚼出满口的汁水来。假想的景象也是能充饥的，确切地说是压饥，灼烫的酸水不再那么急剧地满肚子晃荡了。豆角真正成熟了，我们陷入莫名的兴奋与惶恐当中，偷豆角是极危险的活儿。满地的豆花还在嫩嫩地开着，队长就已经组织好了看青队，一伙年轻力壮的小伙子不分黑夜白天地巡逻在地畔。这让我们明白有多少饥饿的眼睛在盯着刚刚鼓起的豆角，大家的眼里闪现着绿莹莹的据说狼眼里才有的光。如果没有看青的人手里粗大的棒子，相信所有的人会冲上去活活生吃了盘桓在豆地里的人，然后吃完所有的豆角，连豆荚豆蔓也不剩余。偷豆角是万分危险的事，被当场抓住的话，队里就扣掉你全家大半年的工分，是十分得不偿失的。巴巴和二娘老早就给我们分析了其中的利害，叮嘱大家千万不可去偷豆角，连地畔也不要轻易靠近。哥哥还是敢冒天下之大不韪，放羊的时候偷到了豆角，自己吃饱后，在裤裆里那个隐秘的兜里装回一大把，分给我们吃。吃完豆角，咂摸半天嘴巴，我们就遗憾，恨自己不赶快长大，出去放羊，放羊的日子是多么美好幸福啊，居然能偷到豆角吃。

回想起夏天的情景，我悄悄笑了。人就是这么奇怪，当时饿得死去活来，等时间流逝，回过头去看走过的日子，又发现那里面有一些美好的叫人难忘的东西。

雪花还在下，纷纷扬扬的样子，从容不迫中显出一些纷乱与急惶。大雪无声，只有我们踩雪的咯吱声。远山变得模糊不清了。我有点儿气喘，胸口胀胀的，像有个风匣在那儿来回拉动。我知道自己走不动了，早就跟不上前面的人了。尽管他一再磨蹭，装作欣赏雪景，走走停停，在有意等我，我还是跟不上了。我鼻子一阵酸楚，有点儿怨恨母亲，她有了自己的新家，心思全扑在这个男人和肚子里即将出世的娃娃上头，她没有劝说我留下，多留一些日子。我在她的新家里待了十一天，那么短暂的十一天，她就打发我出门。她用她粗粝的手掌摸了摸我的脸颊，就叫我上路了。她手掌里的硬痂划疼了我的脸，我强忍疼痛，不敢回头，我怕他们看见我噙在眼里的一泡水。

我看见阿里红着脸对母亲说："等雪停了，天气晴了，再叫阿舍走吧，这么冷的天，多受罪。"我扭头就走，再也没有回头，我从他的口气里听出了怜惜。我知道我那一刻不能回头，我会哭成泪人的。可是，我想看一眼我喜欢的这个哥哥。父亲出来了，肩头斜挎着包袱，那里头有母亲为哥哥做的棉鞋，还有一双是给赛赛的。有用旧衣裳改做的一身衣服，也是给哥哥的。

母亲的反应是冷淡的，远没有我想念她那样地想念我们，她甚至没有抱我一下。她的身子臃肿而沉重，行动起来十分不便，她坐在炕上低下头为我和哥哥赶做棉鞋。嘴巴紧紧地闭着，捏针的手有些肿，总是拿捏不稳针线。她将针在头发丛里抿一下，再抿一下，这个动作是我熟悉的，我们从前的家里就出现过。眼泪慢慢弥漫了我的两眼，趁她不留心的当儿，我忙悄悄擦在手背上。纳鞋底子的麻线被拉得啦啦响，细碎的麻线屑在飞。母亲抬头看一眼我，又看一眼。她总是趁我不注意的时候，飞快地看我一眼。她咳嗽的时候，就用双手护着肚子，生怕颠着里头的娃娃。她肯定也用这样的动作护过我，还有哥哥。

坐在母亲的炕上，我的心神一阵阵恍惚。好像时光倒流，我们又回到了以前的日子。地下人姐和她未来的丈夫说笑，笑声总是打乱我的思绪。我隐隐明白人活在世上是不一样的，一人一种命运。大姐就和我不同，她红扑扑的脸上浮着顽皮的笑，她是幸福的。而我的哥哥，那个忧郁寡言的男娃娃，此刻肯定待在队上的羊倌窑洞里，听几个老汉胡吹乱侃，时不时帮他们添一下土炉子里烧煺的牛粪，然后对着红红的炉火走神，他一定十分想念母亲。可哥哥你想得到吗，我们的母亲，已经不是我们曾经深深思念中的女人，她是另一个男人的女人。她已经那么深地融入另一个家庭，一心一意和一个我们完全陌生的男人过日子了。

我发现我是那么急切地想要离开，离开母亲的家，回到二娘和她的孩子们当中去。我已经习惯了那里的吵闹与忧愁，我想以自己习惯的姿势坐在没人注意的角落，默默地想心事，默默地与饥饿做斗争。现在我的肚子是饱的，从这一点上我看出我的母亲还是爱着我的，她叫我放开肚皮吃，吃得饱饱的。我一口气吃下去，收敛的咀嚼声静静地响着。等我发现满屋子里静悄悄的，才发现所有的人正目不转睛地看着我，看着我吃东西的贪婪的样子。他们把叹息悄然咽回肚子。我发现，他们一人吃了不多的一些。他们也是有限量的，他们也得时时节省，漫长的冬天，有一半的日子得空着肚子挨过去。到处都是一个样，我怎么就忘了呢？

肚子已经饱起来，饥饿的感觉还在。这是饿久了的缘故。长时间以来的半饥半饱，让我总是处于饥饿的状态。现在放开肚皮吃了一顿，还是没法消除这种饥饿的感觉。我有点儿不好意思，不敢看他们的眼睛。他们也在挨饿，我怎么就忘了，世界上的人都在挨饿，队长早就说过这样的话。队长说我们大家勒紧裤带坚持坚持，苦日子马上会过去。他们的队长肯定也对他们讲过同样的话，他们也在挨饿。我有点儿懊恼，上了母亲家的饭桌子，我就忘了身处何方，我甚至觉得回到了过去的家里。

他们没有问我在二娘家的情况，我也没有提到二娘和巴巴一直吵嘴的事。大姐问起，我什么也没有说，我一概说“好，好好好”。我记起临出门时二娘看我的眼神，我明白她的意思。本来我想我会背叛她那湿润的忧伤的眼神的，在母亲面前，我从来都没有秘密的。可是，母亲的冷淡叫我缄口了。我想我这辈子也不会对别人说二娘的坏话了。我准备永远保守一个秘密，就是对我的生身母亲，我也不会开口了。我想念二娘，想念赛赛他们。我说我要回去，我把想法小声地说了出来。开口之前，我其实耍了一点儿小聪明，我想，这么冷的天气，又在下雪，母亲不可能答应放我出门。最迟也得等到这场雪停，化得差不多的时节。那时候，腊月快过去了，说不定他们会留我到正月的。

可是，我打的算盘落空了。母亲居然点了头，马上收拾东西，送我起身。临走，叫我喝了碗萝卜干儿烧的汤，萝卜汤很好喝。我感觉自己这一去，再不会来这个家了。就算巴巴送我来，我自己也不会再踏进这个门槛了。我已经暗暗下了决心，就算饿死、冻死，我也宁愿死在二娘家。迈出母亲家门的那一刻，我甚至想，这辈子我不会再留恋这儿了，大雪天送我上路的女人，不是别人，正是我的生身母亲。

母亲的男人出来了，肩上挎着小包袱。他什么也没有说，母亲在屋子里跟他嘀咕了好一阵子。他的脸色有点儿沉重，似乎不愿在这大冷的天里出远门。这几天里，我与他——我的新“大”——没有说过一句话。他问过几句，我只是低头沉默，一言不发。

门外的雪花在起劲儿地落。我们走进大雪漫卷的世界。母亲在门口送，我不知道她会目送我多久，我想回头看看，看她最后一眼。可是我没有，始终没有。我的生身父亲，据说是个倔强暴躁的人，此刻他暴躁的血液遗留在我的血管里，正倔强地流动。“我恨母亲。”我在心里说着最后的决绝的话，“母亲彻底抛弃了我。从此这个世上没有了我的母亲，我只有二娘。”我忽然十分想念二娘，前所未有地想念。

雪花在脚下呻吟，它们似乎也有生命，也不堪重负，发出沉闷的忧郁的响声。这响声渐渐麻木了我的神经，我只在反复想着一件事情：从此以后，我没有母亲，除了哥哥，我没有亲人。在这大雪纷飞寒冷异常的农历腊月，打发我上路的，是我曾经那么想念的母亲，母亲的无情让我彻底断了念想。我用不解的难以明白的目光看了母亲最后一眼，我分明是被赶出了这个家门。

起风了。刚开始，一阵一阵的轻风吹过，身上顿时冷透了。我们不由得加紧了步子。走过一道山梁，爬一面陡坡时，一股劲风悬起大堆雪花，雪末子扬起老高，直扑打人的脸，眼睛也睁不开了。风势明显变大了。

前面的人停下了，抬头打量前方，上了这道坡，就能看见王家堖了。巴巴的家就掩映在挂满雪柱的榆树丛里，榆树一律是光秃秃的身子，皮早就被大家剥下，煮后吞咽进饥饿的肚子里。这场大雪一下，榆树可怎么办，它们会不会感到冷呢？我有些等不及了，我想看到榆树，饥荒中养活过我们的榆树。想到它们，我感觉心里暖和起来，真是奇怪，想它们的时候，我隐隐想到了母亲。我一阵心酸，一旦离开了，我就不由自主地想念她，我的母亲。

那个人这回真的停下了，在抬头看天，雪末子直迷离人的眼睛。他把明显罗圈儿的腿在雪地上跺着，脚下发出钝钝的踏雪声。他咳嗽着，双手使劲缩在袖筒里，脖子竖着。我暗暗发笑，是幸灾乐祸的笑。尽管他一再紧缩脖子，雪还是灌进了衣领。我的脖子里也落进不少。我是抱着无所谓的心态任由雪花往下落的，脖子冻僵硬也无所谓。可是他也跟着我受这份洋罪，他真是活该，谁叫他是我母亲的男人？我恨母亲，更恨夺走母亲的心的人。

“喀——喀喀——噗！”一口痰落入风里，一些唾沫星子溅到了我的脸上，我停下了。这一路上我都在磨磨蹭蹭，故意拉开我们之间的距离。

他止看着我，黑红的脸上，枯瘦的眉目间居然浮着一层笑。我吓了一跳，第一念头是，这个人他居然会笑，他在望着我笑。他笑起来的时候，神情有些僵硬，好像有一双无形的手在向耳后扯他的皮肉，脸面上的皮肉绷得紧紧的，眼睛分外地大。他原来是个大眼睛的男人，这么多天我没敢仔细看他的脸。现在他在用大眼睛看我，我停下了。我不明白他的想法，天色已经有点儿晚了，他怎么就不着急呢？送我到家，他还得回头走回他自己的家去。来回差不多要三十多里路呢，我都有些替他着急了。

他在等我。我磨蹭了好一会儿，慢慢走近前去。他看我跟上了，才转头又走。

“喀——嘿，”他清了清嗓子，回过头问我，“你把我，叫个啥？”

“我……”这个问题来得有点儿突然，别人问过我这样的话，二娘、姐姐，还有那个爱玩耍的阿里，我一律没有回答。我不想回答这样愚蠢无聊的问话，他们问这样的问题时，眼里闪着自以为是的聪明。这问题三岁的娃娃也知道，何况我已经六岁了，已经在离开父母的环境里生活了一年。

“喀，喀喀——”他等不到答案，干咳几声，显得有点儿尴尬。

“我背上你走吧，天要黑了。”他说。口气是商量的。

我不理他。我来的时候，是巴巴用驴子驮的。一路上除了颠得骨头有点儿疼，我一点儿也不乏，骑驴是感觉很美的事。这个人居然想背我，谁知道他是真心还是假意。我知道这样的赶路速度他等不及了，他还得走回头路，天色确实不早了。我极快地从鼻子眼里哼出一声，说：“要是害怕，你就回去，把包袱给我。”

他解下了肩头的包袱，我过去默默接了，扛起就走。我连看都没看他一眼，我恨他，我只想远离他。对巴巴以外的男人，我都怀着敬而远之的心态。

我快快地走着，雪被风吹得乱七八糟，原本窄窄的山路上，不时出现一堆被风吹成小山的雪堆。他一直走在我前头，雪厚的地方被他踩出一排脚印，我循着脚印走，省力多了。前面忽然没了引路的人，狭长的山路、厚厚的雪，摆在我面前。没有人踏出的痕迹，连野兽的足迹也罕见。我不顾雪薄还是厚，径直向前走。他很有可能就站在身后看我走路，我挺起了腰板。只是包袱有点儿重，走出十来步我就渐渐力不从心，感觉拖不动了。

忍不住扭头看后面，茫茫的白雪在起劲儿地下，送我的人不见了。他已经拐上了回家的路，可能正在某个拐弯处赶路。

他真的走了。母亲说我是个犟种，像我死去的父亲。母亲甚至在担忧，这样的性子，在生活里只有处处碰壁，处处吃亏。我已经碰壁了。我的母亲大雪天打发我上路，就是因为我提出要走，他们答应了我。我的新父亲毫不犹豫地扔下我走了，他们在用我的倔强惩罚我，让我明白一个女子的倔强是多么可笑和无用。

向前走，咬着牙走，上了这道坡，就能看见我们的王家坳。走出一段路，我全身心放松下来，那个人已经走了，我可以随心所欲地放开手脚走自己的。可是，我还没有上完坡，正在吃紧关头，脚下一打滑，来不及站稳，一个背仰，向坡下倒去。倒下了，身子就不是我的了，怎么也不听我的使唤，骨碌碌向坡下滚去。包袱还挂在胳膊上，随着我一起滚。山路上生生划出一道雪印子。我不由自主地哭喊着，哭喊些什么，自己也不知道，好像是天要塌了，我只是胡乱地喊着，惶急中喊出的是“娘”，我已经发誓不再想念的娘，我的绝情的生身母亲。

我竟然滚到了我们刚刚走过的地方，这才停住，被一个地埂挡住了。头发被野草挂得一团糟，脸也火辣辣地疼，肯定是野刺划破的，我摸到了血。抬头望望爬上去又滑下来的山坡，我忽然感到很恓惶。天色不早了，远山显得暗淡下来。我爬起身，再摸一把脸，血似乎冻僵了，热乎乎的眼泪难以抑制地落下来。天气真的太冷了，眼泪无法流下，就停滞不动，脸上一片冰凉。大风漫卷，雪末子哗哗扑打着荒野，有些地方裸露出了地皮，冻得过硬的地皮，显得苍白坚硬。白雪掩盖的世界辽阔而空落，我又想到了母亲的家，灯下缝补的母亲，灶火旁轻轻说笑的姐姐，动不动就脸红的阿里，不苟言笑的新父亲。现在想来，即使我那个严肃的新父亲在旁，那种氛围还是很温暖的，令人留恋，禁不住思念。世界就是一场没有边际的大雪，我的人生注定要忍受孤苦与伶仃。我是被世上所有人抛弃的人，包括我的生身父母。

我急惶惶爬行在陡坡上，天黑前必须到达王家垴。我后悔出门时没有拿一根棍子，万一碰上只野狐什么的，要是它来威胁我，可以吓吓。可是我是揣着一肚子闷气出门的。我赤裸裸了无牵挂地行走在天地间，我这样的人被狼吃了最好。

身后传来咳嗽声，隐隐的咳嗽，一股北风吹过，裹着雪末子灌进了我的耳朵。我感到奇怪，这荒山野岭的，会有人赶路？会不会像我一样，也是个没有家、寄人篱下的孤魂。

我回头看去，远处一个身影在移动。走的是我走过的路，我们是同路人。我心里一热，世上还有个和我一样，大雪天冒风雪赶路的人。我们是同命人。回头看，我走过的路，已经大部分被风雪淹没。送我的男人，不知道到家了没有。这时候，他一定进了家门，母亲拖着大肚子殷勤地为他拍扫积雪，给他让出被子下那一片温暖的热炕。他一定对母亲说他把我送到家了，看着我进了家门他才折回头赶回家的。十七里山路走个来回，把他累得够呛。

他知道我没有机会向母亲告状，我决绝的神态告诉所有人，我绝不会再踏进那个家门，我决意忘记母亲，忘记我在这个世上还有个活着的亲娘。

有人在山路上遇上了狼，还有鬼。

孤魂野鬼双手勒住人的脖子，将活人生生掐死。最后人的舌头吐在胸膛上，有一尺长，眼珠子也蹦出来了。

狼咬住人先不着急吃，像猫耍老鼠一样，和人耍，耍乏了才咬断脖子吸血。最后吃肉，撕碎了一口一口吃。

母亲为我们讲的故事里有这样的情节，二娘讲的是同样的事。好像女人们都喜欢讲这类故事哄娃娃。那时候我们没有害怕,我们睡在暖和的炕上,钻在被子里,大家一块儿待着,不会感受到这样的恐惧。孤身行走在这荒凉的山路上，我脑子里涌上的全是这类事件，血淋淋的细节就摆在面前一样。

天色越来越暗，苍茫天地间，只有雪在无止境地落。我看见山下的榆树林了，落满雪的树木像一群落魄的叫花子，瑟瑟披着满身的积雪。

下了这道坡，穿过那片林子，我就到家了。一股热乎乎的潮流涌满了我的眼——终于看见家了。亲爱的二娘、巴巴，还有赛赛，我回来了。

回头看后面，那个人影竟然还在，行动迟缓，踽踽而动。大雪积落，他显得臃肿而笨拙。不留心的话会以为那只是个凸起的地包，被雪覆盖。大风横扫，露出他身上的衣着，隐隐看去似乎是黑色的衣裤。头上肯定戴着顶狗皮暖帽，雪落厚了，头就大得出奇，像一堆乱柴。

他还在咳嗽着，看来是个肺不好的人，和我的新父亲一样，有肺病。这种人最不适合在风雪天出门，会加重病情的。那肯定是个老汉，以那么慢的速度走路，显然有六七十岁的年纪。要不是他总在咳嗽，我真的不会知道身后还有活人。我们远远隔着一段距离，一前一后爬完了山坡，走完了山顶上弯弯曲曲的盘旋路。

真得感激他，没有他，我肯定早吓得半死。就这，几只突然蹿过的兔子，还吓得我几乎灵魂出窍。我想要是半道上突然跳出个饿狼或者厉鬼，我就转过头往后跑，跑到那个人跟前儿去。两个活人总比一个强吧。

我相信是他的不断的咳嗽惊退了野物和鬼怪，我一路上平安无事。看见二娘的家，我跳了几个蹦子。身后的人，腿脚迟缓的老汉，对不起了，我得回家。我重新背好包袱，踏上积雪堵塞的小道。下坡路好走极了，我穿的是母亲新做的布棉鞋，踩在雪上不打滑。再说，打滑也不要紧，跌倒了我会迅速爬起。我飞一般奔下了山。

到了山脚下，我隐隐记得一共跌了三十八个跟头，还好包袱始终挎在背上，只是弄脏了棉鞋。没关系，等天晴了放外面好好晒晒。

村子里静悄悄的，大家没有出工，这是一年里唯一不出工的时节。下雪天真好，有牲口饿极了发出不耐烦的吼叫。谁家的狗汪汪地叫，叫声显示它的肚子是饥饿的。

穿过林子，我很快就到家门口了。摸着巴巴家破旧的白木门板，我没有急于喊叫，我想缓一缓。这趟去李家梁，我满腹忐忑地出门，满怀伤心地进门。接下来的日子，我会一心一意跟赛赛一家生活，我的生活里肯定不会再有幻想，也不会有思念，我会完全融入这个家里。

回头看我走过的远山，山顶上，大雪被风裹挟着翻滚、横流。我细心寻找，没有我要找的人，那个老汉，他怎么还没有出现，天真的要黑了。暮色已经拉开，白雪的世界显得暗淡下来。那个要饭的，说不定会冻死在路上的，我心里一阵难过。他想得到吗，他无意中给我做了伴儿，陪我走完长长的寒冷的山路。

天色完全黑下来后，我才推开了二娘家的门。我已经冻得站不稳当了。二娘把我抱上炕，他们惊讶得喘不过气来，说没有想到这样的天气里我会回来。他们口里说的“回来”，让我感觉心口暖暖的，说明他们把我当成这个家里的一分子了。二娘点起了灯，清油灯一点儿荧荧的光亮，闪烁在土墙壁窝里，我在二娘怀里沉沉睡去。我梦见了娘，抱着寒冷中簌簌发抖的我。温暖的怀抱，究竟是亲娘的还是二娘的，我醒来后就记不清楚了。那个陪我走路的人，会冻死在哪儿？开春雪化的时候，一定能看到他的尸身。那时，他会不会从积雪下翻起身来，睁开蒙眬的睡眼，不无幽默地问：“我这是在哪儿？这一觉睡了多长时间呀？”

时间一天一天过去，一年一年过去。从此我没有再去过母亲家，我渐渐遗忘了李家梁和生活在那儿的我的亲人。后来，我长大了，嫁到另一个山村，开始了另一番生活。二十年过去，三十年过去，五十年时光也过去了。人活在世上就像清晨落在树叶上的露水，转眼就走完了一生，从人世消逝。我早就和母亲和好了，也和二娘来往。母亲七十三岁这年，二娘无常了。我像哭亲娘一样痛哭了一场。在二娘家炕上，母亲顶着满头白发，说："我欠着她的，我欠她的这辈子还不清啊。"我知道她欠二娘什么，二娘多病的身子就是拉扯一群娃娃遭下的罪。她拉扯的不光是她自己生的娃娃，还有我和哥哥。

晚上，母亲说起了往事。自从我们的新父亲进了监狱，后来在砖瓦厂劳动改造，直至无常，近五十年的时光里，她从来没有提起过这些旧事。可是，母亲用微笑的眼睛看着我，问："阿舍你还恨我吗？我晓得你一辈子都在恨我，恨就恨吧，我亏欠我女子的。"这么多年，母亲没有对我说过这类话，眼泪悄然涌满了我的眼，我感觉自己又回到了娃娃时候。我一直强忍着不肯说出的辛酸，在心底藏了多少年啊。其实随着岁月流逝年岁增长，我对母亲渐渐愤恨不起来了，我慢慢明白了母亲的用心和在那样的环境下所做的抉择。

没有大雪天毅然叫我离开的决绝，说不定，以后的日子我会长久留恋着他们，我肯定不会把二娘叫娘，和赛赛他们亲骨肉一样相处。母亲是断了我的后路，让我了无牵挂地开始另一番生活，让我在绝望和愤恨里站起来，往下活。

接着，母亲说："你新大无常了，你没有来送，你娃娃是个铁心肠的人。你晓得吗，那一回你新大送你，一直送到半夜才进门，差点儿冻死咧，他的肺病就是那时节严重的。进了砖瓦厂，受折磨，病就劲儿大咧。"母亲的声音缓缓的，听不出心里的悲喜。

已经年过五十的阿里哥哥在，姐姐也在，赛赛也在，我们都是儿孙满堂的人了。我的亲哥哥，当年那个忧郁的少年，七年前病故了，他走在巴巴的前头。送走了哥哥，巴巴又拖了两年，也无常了。

母亲的目光烁烁的，转向他人，说："你们晓不得，阿舍这女子犟起来，谁也没有办法，那时节才六岁的人，她新大送她回家，她磨蹭了一路，天气眼看黑了，她新大没办法，要背她，她不叫背，她新大想了个办法，叫她一个人走，走在前头。她新大假装回家了，其实一直跟在后头，看着她上了坡，下了山，到了家门口，才折回头赶回李家梁。回来已经半夜了，把人冻坏咧，咳嗽得吐血。原本我们准备到开春时节请大夫来看看的，可谁想得到，她新大会念几句经，帮人宰过牲，就被拉走了，进了砖瓦厂。这一去啊，就没能活着回来。她新大是吐血吐倒的。唉，她这娃娃，最叫她新大扯心了，回来半夜还念叨她，我们准备日子好过了把她接过去的。她新大说她二娘拉扯她们，日子困难得很。"

"唉——你新大，那是个老实人。"

大家的目光齐刷刷地看着我。大姐插口说："阿舍你就犟吧，咱大想听你叫一声'新大'，愣是没有听到。"

大姐的前额上已经飘着丝丝白头发了。岁月的刀子在我们身上留下无数痕迹。可是，留在心上的痕迹有谁看得见呢？

记得当年开春雪化后，我专门跑上山找过，找那个意料中的死尸。什么也没有。我始终想不明白，那个要饭的到哪儿去了。明明跟我走的是一条路，最后走到哪儿去了呢？原来，原来是那个人，我母亲的第二个男人——我的新父亲，我始终没有叫过一声的新大。现在细细回想，真的是他，只能是他，一个畏缩不前踽踽而行的身影。

我看见五十年前的尘土在眼前落下，纷纷而落，像漫天飞舞的白雪。是父亲的雪，那场覆盖世界的父亲的雪啊。

蝴蝶瓦片

今天是主麻日，几天前我就知道今天是主麻日。我还知道已经过去的几个主麻日和即将到来的三四个主麻日。知道主麻日的方法很简单，问一下念书的娃娃今天是星期几，如果他们说星期五，我闭上眼也能明白今天就是清真寺里礼主麻的日子。七天一个主麻日，以这个日子为基点，往前推或者往后推，会推算出过去和将来的无数个主麻日。

今天，天气和平时没什么两样。要说有什么变化，我感觉山头上刮过的风柱似乎高了一些，风里的燥热劲儿更强了，土腥味更重了，枯焦的气息直逼胸口，让人有种透不过气的感觉。

清真寺里唤礼拜的梆子声划破了村庄沉寂的空气。寺坐落在庄子中部的一块平地上，立足在这样一个位置，使得所有人家都是围绕、环拱着寺而居，给人一种众星拱月的感觉。梆子声响起，全庄子的人家都能听得到。寺里那个老得看不出年岁的老阿訇，坚持用一只和他的年岁一样古老的木梆子唤礼拜。别的寺里早换上了现代化的喇叭，喇叭挂在高高的树干或者电杆上，声音响亮得能传出十好几里。我们的老阿訇是附近唯一坚持用木梆子的阿訇，有人想反对，但看到他胸前那把比雪还白的长胡子，所有的男人缄口了。那么白的胡子，已经在散发着另一个世界的气息了，谁还能狠下心和一个行将就木的老人争执。便一齐点了头，任由木梆子沉闷的响声响彻我们村庄的上空，一日五次，天天如此。

据说，为此老阿訇激动得抱着木梆子，半天说不出话，只是热泪长流，好像一庄子的男女老少成了他的救命恩人。女人们也忍不住热泪长流，同时记起这个木梆子伴着大家度过的无数个黄昏和清晨。木梆子就是日子的见证、岁月的见证。女人们是善于怀旧的面捏的人儿，男人们可是泥做的，他们恨不能把过去统统忘掉，他们在答应老阿訇的同时，嘴角露出不易察觉的微笑，不约而同地想，等老阿訇无常了，就马上换电喇叭。不能因为一个木梆了，让一庄子的人永远活在落后陈旧的氛围里吧。木梆子早就该当古物收起，要么劈了当柴火烧掉。这是将来的事，老阿訇咽气后的事。老阿訇老得土都埋到脖子根下了，所以男人们还是决定等一等，有耐心地等一等。谁还能跟一个黄土埋到脖子下的人较真儿，就是真的较劲，也较不出个所以然来。

主麻日唤礼拜的梆子比平时响得早。平时到下午一点左右响起，主麻日这天，十二点就响了。礼主麻是男人必不可少的功课，每个男人每隔七天都得到寺里去聚礼这个大的礼拜。除了出门在外的男人、懒得抽筋的男人，村庄里上至七八十岁下到刚刚十二岁的儿子娃娃，大家这一天都会去寺里。梆子响起来了，我感觉心里一阵剧烈地跳荡，像烈士就义前听到冲锋号一样，血呼一声就热起来了。我坐不住了。

出了家门，我独自一人走在长长的土路上。我看见自己投在脚下的影子，鬼祟中透着孤单。浮土有寸来厚，我得放慢脚步慢慢地稳稳地走。尘土在脚底乏乏地躺着，昏昏欲睡，似乎连日来的烈日暴晒，它们也不堪干渴奄奄一息了。然而，我不敢大意，以十二分的小心留意着，警惕着。我早就熟悉黄土的脾性，尤其是铺在路面上的软乎乎的干燥黄土。它们静静伏着，只是一个假象。它们随时会苏醒过来，以无比轻盈的身姿飞舞起来，把世界弄得尘烟弥漫，将人呛得灰头土脸，肺里也塞满了土。呛进肺里的黄土咳到吐血也咳不干净的，庄里几个半死不活的肺气肿病人，据说就是被尘土呛的。

我可不想这么小小年纪就得上肺气肿，便尽量找路边走，不去碰触那些不怀好意地伏在路心的家伙。等我蹑手蹑脚走完一段长长的土路，梆子声结束了。敲梆子的老阿訇肯定累坏了，直不起腰来了，他剧烈地咳嗽着，抱着梆子，像抱着他心爱的小儿子一样进了门。老阿訇越来越固执，总是坚持亲自敲梆子。空木头敲出的梆子声，余音很短，不用心的话，几乎听不到余音。阿訇进去了，我的心还在跳，真怀疑今天的梆子是在我心里敲响的，使我的耳边久久环绕着一片木质的空旷的轰鸣。

男人们开始上寺了。他们头上的白帽像夜晚的星星，在风里发出星星点点的亮意。刀子老汉也进去了。他的拐棍一定在土路上留下了一排繁密的印痕。深深的印痕，分明在向全庄子的人显示，他还是个很硬朗能活二百岁的人。他是我们庄里最有希望活二百岁的人，也是唯一的人。所有的人活不过百岁，就倒下了。他今年九十五岁了，早该躺进黄土里了。可他还倔强地行走在这个世上，用一把磨得油光黑亮的拐棍到处敲出深深的印痕。他似乎怕大家把他给忘了（不光是活着的现在，还有离世后的无数日子），就用他能办到的最好的法子，给大家一遍遍加深印象。他哐哐的拐棍敲地声，喀喀的咳嗽声，不时在某个地方响起。从上庄到下庄，再从下庄到上庄，四十几户人家的门前他都会转悠个遍。走走停停，对着一块卧牛石、老磨子，拿拐棍敲敲，使之发出响亮的声音。有时拐棍会敲上某个年轻人的脚后跟，要么是趴在地上刨土的娃娃新剃的脑袋。当然会敲击出一串疼痛的惊叫声，有的时候，有些人家的铁大门会发出尖厉的震动，像石块砸上去一样。不用问，一定是刀子老汉又在捣鬼。

在一连串变换着音色与强度的声响里，我们庄子里的男女老少都记住了刀子老汉——一个老得快要生锈的刀子样的老人。他会盯住一个玩耍得被土迷糊了双眼面目难辨的娃娃问：“你看我老汉能活多少岁？”回答当然是二百岁，连吊在奶头上的娃娃也知道这个老汉希望自己活到二百岁。没有人反对他活到二百岁，大家饶有兴致不无幽默地等待着，想看看这个老汉究竟能在世上晃悠多久。他已经晃悠了九十五个年头了，还梦想着继续往下晃悠。没有人相信他能再坚持一百零五个年头，却没人说破这件事。刀子老汉陷入他自己编织的谎言怪圈里。

令人绝望的是这个老汉至今显得比刀子还刚硬。身板脾气，无一不是这样。他居然能提得起一壶水给自己洗上小净，走进清真寺的大殿，坚持礼完主麻。听说礼到中途，他站不起来了，就跪着礼，以跪代替了站立。大家惊叹说恐怕只有铁打的人才能做到这一步。我倒盼望这把老刀尽早朽掉，朽得掉铁渣，耳聋眼瞎，最好老糊涂了，什么事都不过问更好。

主麻日是刀子老汉离开家时间最长的日子。礼完长长的主麻，大家会留在大殿里听老阿訇讲卧尔兹。老阿訇讲的卧尔兹水平高，能深入人心，大家一听就是两个钟头。这么一来，前后就会有四个钟头的时间，刀子老汉不在家里。整整四个钟头，够长的了，什么杀人放火越货抢劫的活计都来得及干。

我溜到刀子老汉家的门前，门上挂着一把锁，这是意料中的事。不锁门倒不合那个老汉的脾性了，他即使出门提壶水也要锁上门的。钥匙挂在他腰里的布带上，我看也不看一眼黄铜色的不知有多少年岁的老锁子。倒是烈日白炽的光照在锁子上，发出的一股古老苍凉的铁锈味吸引了我，我不由得对着锁子愣了阵子神。可我没有时间逗留，扔下大门，直奔墙右边的流水洞。我们每家的院子墙脚都会留有这样的流水洞，土墙上用铁锨挖的，最小的水洞也能容得下一只猫自由出入。有些人家干脆弄得连狗也能自由出入，头小一点儿的娃娃也跟着溜出溜进。这么大的水洞，据说是秋天雨水多时排水的。事实上这水洞是聋子的耳朵，常年做着摆设。雨水多的日子仅仅秋天那几天，大多数时间里，村庄上空好几个月不见一星半点儿雨水落下。水洞张着口就显得讽刺滑稽，完全是多余的，细心的女人会找块石头什么的给塞了。刀子老汉家的水洞是大口的，通过前几天的观察我知道自己能钻进去。我个子单瘦，脑袋出奇小，在这种洞口出入肯定不成问题。洞口塞满了枯草，肯定是去年秋雨过后塞上的。抽出来，里头已经腐烂了，发出一股霉酸的臭味，乱柴里还裹着一只死老鼠。我没有时间犯恶心，赶紧清理开洞口，慌忙钻进去。老刀的院子空荡荡的，一棵大杏树在当院里低头沉默着，对我的到来一点儿吃惊的意思也没有流露。顾不得理睬它，从叶子上看它快干死了，正在生与死的线上挣扎。

我溜向高房子，目标就在这间不知多少年前用泥土筑成的高房子里。高房子有七个台阶，每踏上一个台阶，我的心就往嗓子口提起一寸。刀子老汉不会这个时候回来吧？明明知道不会，我的手心里还是攥满了汗。那个老汉不是好惹的，被他抓住会生生卸下我一条腿来的。

“你来了。”一个声音说。

“来了就进来坐坐。”一个声音说。

我发现自己的脑袋在刹那间变大了，膨胀起来。急剧地膨胀，使我脑子里的水分和空气严重稀缺，这样下去，我想我会断气的。感觉有人在使劲地撕扯我的脑袋，脑袋在不停地变换着形状，我的瘦脑袋在烈日下多么像一个水乎乎的大葫芦啊。

某个地方传来了咳嗽声，与刀子老汉完全不同的咳嗽声。声音是从地狱里发出的，还是从某个深不可测的地洞里传来的？可能只有被死水浸泡得发胀发湿的人才能发出这样的声音——锈迹斑斑绿苔漫漶的声音。

我艰难地回过头，四下查看。一间低矮的土房子趴在地上，窗口大开着。黑乎乎的窗口，一只苍蝇飞进去了。盘旋一圈儿，又绕出来，窗口传来叮叮当当的敲打声。我慢慢记起，还有一个人，一个活着的能出气能吃饭能看家的大活人。我发现自己犯下了致命的错误，一开始，就错了。自始至终，我一直忽略了一个人，刀子老汉还有一个儿子——小刀。

等记起小刀还活在人世，我差点儿为自己的愚蠢懊恼死了。小刀和我们一样，一直就活在世上，好端端地活着。只是他不像老刀，可以天天出现在大家眼前，用一连串响动提醒大伙儿他还活着，准备活到二百岁。老刀不厌其烦地弄出的响动麻木了大伙儿的神经，让我们在牢牢记住一个人的同时把另一个人忘掉了。小刀是什么时候在大家面前出现过的？三年前，五年前，还是十年前？已经是件说不清楚的事了。

站在刀子家的台阶上，我发现自己陷入从未有过的艰难境地。背一个贼娃子的罪名是铁定的事情了。可是我还两手空空，什么也没有拿到。就这样背一个罪名，一辈子被人唾骂、防范，真是件遗憾的事。

我现在可以逃走，从流水洞口溜出，逃之夭夭。上屋里的大男人小刀，他拿我一点儿办法也没有。可是，不等我溜走，他的头从窗口伸出来了，他已经看清并叫出了名字，居然是我父亲的名字。他的样子兴奋得有点儿滑稽，天上掉下的金块子刚好砸上了他的脑袋那样叫他兴奋。他冲我挥手，喊我进去，说："马老旦的二女子，来，进来坐呀。"

世上肯定没有比这更要命的事了，他一张口就喊出了我父亲的名字，准确无误，这回我插翅也难飞了。他枯瘦细长鸡爪一样蜷曲的手，在向我召唤。我缓缓地下了台阶，上前去推开他的房门。我决定孤注一掷，用好话劝说他，用全庄人的生死大事打动他。印象中曾听说他不像刀子，与刀子的乖戾脾性相反。他甚至是个心肠善良的人。我心里重新燃起希望的火苗，就算拿不到东西，劝说他别将我告到他父亲面前也将是不错的收获。只要他不说，刀子老汉做梦也不会想到小偷进了他的家门，还妄图盗走他心爱的东西。

推开这扇门的时候，我心情复杂到了极点。杂乱的念头纷至沓来。这些想法，在我枯瘦的脑瓜里拥来挤去，弄得我呼吸也十分艰难起来。这一刻，我忽然发现，一个人活在世上，真是件很复杂的事情，复杂到难以预料难以说清的地步。比如今天，六岁半的我，离开自己好端端的家，想溜进刀子老人的房里去做贼。现在又得进去面对传说中的小刀，和他面对面地商量事情，而且是关乎全村人存活的大事。我感到心里很伤感，怀着很深的恐惧，但没有退路可走。

门开了，在一阵剧烈的咳嗽声中开了。悠长的吱嘎声分明在显示这道门经历了怎样的年深日久。岁月不居，日子留在它身上的印痕就是腐朽的程度。门开了，眼前落下大团大团的黑影，像是鬼魅的影子在惊慌地飞舞。我退到门边，小刀坐在炕上，看了半天，我才发现他将一张笑嘻嘻的脸迎向我。黑影子慢慢落定，原来是挂在房梁上的年深日久形成的拖着尾巴的尘土，我们叫它拖毛尘。一根长长的拖毛尘如松鼠蓬松的尾巴一样，搭在小刀前额上。他不去理睬，继续冲我笑。“我等了八年，你总算来了。”他认真地看着我的眼睛说，说话的神色幽幽的，好像有点儿幽怨。又说了一长串话，伸出枯竹筷子般的指头，在空中泛泛地画了一圈儿，说：“八年了，我知道你会来的，你真的来了。”

“是个鬼一样的人。”我对自己悄声说。换句话说，传说中的鬼大概只能是这种样子。

他伸手向我抓来。我远在门边，他盘在炕上的身子努力向前，胳膊居然长得吓人，却还是远远够不到我。右手就在半空中无望地伸着，抓着。眼里的笑意水花一样，一朵接一朵绽放开来。破灭，绽放。绽放，破灭。左手里攥着一只鞋，已经做成正往一块儿缝帮子和底子的男人的鞋子。

他身后的炕上摆满了鞋子。留心细看，竟然摆得整整齐齐。上炕是男人的，下炕是女人的，炕角是娃娃的。男人的鞋子一律用黑色丝绒做成，就一种样式。女人和娃娃的竟是各色各样都有。我看了几眼就惊奇地发现，这些鞋子，样式比巧手女人做的还齐全，带扣襻儿的、深口的、浅口的、条绒的、细布的、粗布的，有一双还做成桃子的样式。花花绿绿的鞋子，简直能开个小鞋铺子。墙上密密麻麻地钉满了钉子、木橛，上面挂了一沓沓鞋帮子，一些麻线、白线。白线已经不是当初的颜色，显得发黑，上面落着一根根拖毛尘。鞋帮子照样是大人娃娃的都有。我怀疑自己闯进了鞋子的王国，而炕上这个幽灵一样的男人，就是国王。他制作出的鞋子就是他的臣民，他自由地摆弄着、统领着它们。

我感觉胸口有种透不过气来的憋闷，已经忘了来这儿的初衷。只是用惊奇的佩服的目光打量这个足不出户的男人。他永远捂在家里，大家以为他早就捂成了一团烂肉，就把他忘了。我们活着要干的事实在太多，转眼就忘记了小刀。小刀活着，用男人的手做出了女人才能做出的活计——一炕鞋子。他疯了吗？真是可笑，他半步路也不能走，却做了这么多用来走路，在大路上印出各种脚印的布鞋。怪不得刀子老汉那个老得快成一截干木头的老光棍，总是有鞋穿，从没见露过光脚板儿。原来他有个比女人还手巧的儿子在这里呢。

小刀的头发又粗又长，已经披散到肩膀上了，连眉毛也跟着变长了，胡子包围下的嘴巴，看不清形状，胡子上挂满了饭渣、洋芋干后遗留的泥糊，还有一只死苍蝇。随着他嘻嘻地笑，那苍蝇就一抖一抖地飞，似乎尸体干透的它还在进行着飞翔的梦想。

真是要命，鬼一样的一个男人，做出了满炕的鞋子，还做得这么有型有款，俨然是个手艺老到的女人。

我感觉脑子一直转不过弯儿，小刀是什么时候在大伙儿面前露面的呢？实在记不得了，只记得好像是个阳光明媚的天气，队长从城里带回个轮椅。大家七手八脚地给小刀换了新衣，抬上轮椅，几个年轻人自愿推着他到二十里外的小镇上走了一趟。据说国家给义务照了相片，发了残疾证。几个年轻人推着他从上街转到下街，来回转悠了好几趟，意思是叫这从未出过门的可怜人把花花世面看个够。大家还准备过几年再推他出去的，可是小刀在回来的路上念念不忘地回味一个问题，说："街上的大姑娘小媳妇，咋就那么美哩？一个个赛过画儿上的人儿哩，屁股还这么一扭一扭地动，美死人了！"大家听了一致认为他不老实，思想流氓。从此就没有人愿意推着他出去了。小刀连同他的轮椅，一起被大伙儿慢慢忘掉，像忘掉一棵草一阵风一样地忘掉了。

放在墙角的那个黑乎乎的家伙，想必就是轮椅，已经全身长满了铁锈。层层重叠的锈迹正一寸寸吞噬着它的身子，浓浓的铁锈味在房间里弥漫。真不敢预料，有一天，房间里的人，会和他的轮椅一样，全身生出锈斑，一寸一寸地烂掉，烂成一摊水、几根骨头。

现在他还没有生锈，而是做出了满炕的鞋子。一个人在生锈腐烂之前，做出这么多鞋子，让人不知道对他说些什么才合适。有一天他会忽然站起来，穿上其中的一双鞋子，跳下土炕，到院子里奔跑，到整个村庄奔跑。大家一齐挤出门看稀奇，这个瘫子原来好了，能奔跑了，比山鸡还快呢。也许这个人原本就没有瘫，从小瘫在炕上，只是他跟大家开的一个玩笑。要么便是当年生他的那个女人，和大家开了个玩笑。

眼前的人还在笑。我往门口退开几步，真怕他会忽然跳下炕，我就没路可逃了。然而，他从身后摸过来一双鞋子，放到炕沿边上。我眼前顿时一亮，我看见了蝴蝶，落在红鞋子上的绿色的蝴蝶。一只鞋子的前头有一只，翅膀是张开的，做着飞翔的姿势。可能它们正从遥远的地方飞来，飞累了，落在这双鞋的鞋面上，它们只是想歇一歇，稍稍歇息一会儿，片刻之后，将会扇动翅膀，重新起飞。

我听见自己的心惊呼一声。眼前的这个人，他是什么意思，为什么将绣有蝴蝶的鞋子亮在我面前？是为了夸耀他非凡的针线手艺吗？

他还在笑，嗞嗞的笑声从浓密的胡须丛里传出，像一壶水开了无人提开，便一直嗞嗞地冒蒸汽。

“这是给你做的，我等了你八年。”我觉得胸口胀得厉害，有种要胀破开来的迹象。为我做的鞋，难道有人从八年前就开始等我，等一个才六岁半的孩子？难道这鞋子已经经历了八年的时光？他料定我会来。我果然出现了。我是要疯了吗？世界要疯了吗？绿蝴蝶在眼前飞，扇动着透明的翅膀。我的母亲，那个生下我的女人，她也从没有为我做出过这么秀丽的鞋子。我的脚板上一直穿着哥哥们退下的旧鞋子，夏天干脆光着脚板儿。八年前，我还没有来到这个世上的时候，就有人为我做好了鞋子，盛在时光的匣子里，等待我，等待我长大，出现在他眼前。我看见满炕的鞋子纷纷化作尘土，飞舞起来。昏暗的土房子在飞舞中轰然倒地，炕上的男人慢慢干枯了，只剩下一堆白骨。白骨的眼睛和嘴巴还在笑，呲呲地笑，说："我等了八年，你终于来了。"

可是，我等了你多少年？我扶住门框哭了。我始终没有勇气迈进昏暗的屋子去。我怕自己也会生锈，像轮椅，像他，我们一起生锈、腐烂、干枯，最后化成一捧呛人的尘烟，要么是一条条发黑的拖毛尘。

我仿佛看见自己要寻找的东西了。

自从四月以来，随着干旱的加重，我越来越怀念一样东西。疯了一样满世界寻找着。五月临近，我跑上高高的山头。我穿着爷爷的老羊皮袄，爷爷的皮袄没有一根毛。所有的毛被岁月的刀子一刀一刀割掉了，只剩下光秃秃的一个皮板。我和哥哥常常穿着它四下游走，引得老人们对着皮袄抹一阵泪。他们从皮袄上记起了爷爷漫长又忠厚善良的一生。他们在怀念爷爷的同时，更深深怀念自己曾经度过的美好时光，怀念不再倒流的青年时代。

进入五月，渐渐没有人对着我们的皮袄感叹唏嘘了。不是大家厌烦了，怀念自己美好年华的事重复上一万遍也不会厌烦的。他们是心里乏，没有心思对着这没毛的光板继续感叹了。大家在张着口喘气，羊也张着口喘气。狗趴在阴凉处扇舌头，看那焦躁的情绪，恨不能把舌头撕下来抓在爪里扇。从前，狗可是十分喜欢追着羊皮袄玩的。追赶，跌跟头，撕咬，厉声地吠叫，做出吓人的嘴脸。狗现在失去耐心了，对我身上的羊皮套子丝毫不感兴趣，我挑逗它的时候，它至多抬起疲乏的眼皮望望，又低头扇它的舌头了，似乎活着就是为了扇舌头。持久的干旱让人呀牲口呀鸟雀呀等，有生命的东西都显得焦躁不安。无论是对别人还是对自己，一律显得轻率、浮躁、粗暴，失去耐心和原有的温顺。

我顺着烫脚的土路上了山，一步一步踩在烈日烤晒的土地上，每走一步，灼热就加剧一些。我们的村庄像笼罩在一个巨大的火盆下。回头望去，那些房子，房子里的人，所有的沟沟坎坎，地里的庄稼，都像是放在蒸笼里蒸着的馍馍，形状颜色不一的馒头。肯定是一个笨手笨脚的婆娘做出了这些馒头，大小不均，样子难看。这些馒头从正月开始就放进了蒸笼，随着日子的一天天推移，天气一天天干旱，烈日就一直往上加温，直到现在的五月。将来的六月、七月还难以预料，说不准的。如果还坚持不下一场像样的雨，这些馍馍就会一直被蒸下去，彻底熟过头，烧焦。刀子老汉一旦变熟变焦，样子一定特别好笑。有一天来一场透雨，浇灭旱火，如果有人从灰尘里抽出一把刀子——黑铁的老刀，大家将会惊呼这不是刀子老汉吗，老家伙还真的变成了一把刀啊。

往山顶走，山风渐渐变大。风也是炙热、滚烫的，像开水锅上滚过的那层热气。掠开热风的幕布，我的眼睛看到了庄稼，满山洼满村庄满世界的庄稼。

我们的一生都与这种叫作庄稼的东西有关，是深深的难以割舍的关联。这种关联是深入血脉、骨肉相连的。一年四季，从开春到入冬，上至快入土，下到刚刚懂事的娃娃，我们全都把精力心神花在庄稼上。别的事情是可以凑合马虎对待的，唯独庄稼不行，庄稼是养活人的，是人在世上得以存活的根本。怎么能不把庄稼当一回事呢？轻视庄稼的人就是忘本的人。老辈人这样教导我们，我们也这样认为。是现实生活教育我们，让我们从不敢小视庄稼，小视五谷。“不种庄稼行吗，离开了庄稼你们吃狗屎？”老人常拿这样的话诘问懒惰的后生小子。幸好我们这些娃娃从穿着开裆裤就开始认识庄稼的尊贵，并开始学习劳动，也就没有人去吃狗屎，至今也不知道狗屎的味道如何，是苦是甜还是苦甜相混，看来只有亲自去尝了才能说得上。我们把所有的地全种上了庄稼，除了路、院子和碾麦场，其他一切有土的地方都被开垦了，陡坡、山洼、沟坎，全都被挖松了，撒上种子。

有男人坏笑着说：“咋能叫女人的肚子撂荒呢？是肚子就得怀娃娃，生娃娃。”听口气，他们把土地当成了自己的女人。因为全是旱地，我们只能广种薄收，一年下来，大家还是能收获不少粮食。

丰收的年景里我们的粮食能碾出一座小山。每一粒金灿灿的麦粒、白花花的豆子上能映出大家咧开嘴傻乐的模样。

干旱的年头里一块地往往只碾出一簸箕籽儿来。这时候，端簸箕的手乏乏的，有气无力，好像已经挨饿了，饿了上百年的样子。

我父亲就最见不得有人乏沓沓软绵绵的样子，就算最旱的年景，几十亩地里的收成加起来才半口袋，他也不允许母亲拉长脸唉声叹气长吁短叹。母亲的反应总是叫父亲张口结舌，气愤难忍，却拿她没有办法。父亲的劝说起不了作用，相反，助长了她哀叹的兴致。进入五月，她就开始疲乏不已，整天除了发愁，还是发愁。下地锄草的热情远没有以前积极了，甚至懒懒的，说："锄那有什么用，反正都会干死，我不如省点儿力气。"庄稼苗瘦弱的身子正一天天被荒草淹没。

父亲瞪圆眼说："这个懒婆娘，天气的事谁说得准呢，咱把草锄干净了，说不定今儿就下雨。"果然远处传来轰隆隆的雷声。雷声就是战鼓，战鼓轰鸣，闪电哗哗。母亲闭上了嘴，嘴巴紧紧闭着。她神色间有喜悦在浮现，却不叫父亲看出来。起风了，很大的风掠过半空，呜呜地叫嚣，仿佛要卷走房子、树头、地面上所有能卷走的东西。

母亲到院子里走了一圈儿，四下看看，进屋后脸色有了变化，变得阴沉沉的，眉头紧紧拧成一条绳子。她不动身，冷眼看着父亲和姐姐把所有的盆盆罐罐搬出屋子，摆在屋檐下，最后他们父女还合力搬出了大缸。"美美盛他一大缸水，饮牛、洗衣裳，看你们想咋用就咋用。"父亲说。仿佛雨点子已经落下来了，急剧地敲打着我们那些铁的瓦的陶的搪瓷的塑料的盆子啊罐子啊。屋檐下顿时一片欢快悦耳的叮叮咚咚，流水滴答的声音是多么好听啊。

叮叮咚——父亲哼。

咚叮叮——小妹妹哼。她跟在父亲屁股后面，迈步，抬头望天，焦急等待的神色，无一不与父亲十分相像。我们都是父亲亲生的女儿，可没有谁能将父亲模仿到这么相似的程度。只要她来了兴致，她会把我们大家都逗得哈哈大笑。我们认为她年少无知，只有年少无知的孩子才喜欢模仿大人，并把这个过程当成乐趣。与她比，我们这些孩子已经是十分老成持重的人了。我们围在母亲身边，睁眼，闭眼，眼睛开合不定，开合间却是隐含着轰鸣的雷声和闪闪的闪电。雨落下的样了往往只有一种，可落在每个人心里的情景十分不同，相差千里万里。雨水已经在我们心里哗哗地下了。

父亲像个未谙世事的娃娃，兴奋得不行，压着指头数数，说："北山上的豆子不行了，多大的雨也救不活它们了，那就干脆耕了它们，重新种上荞麦。南山的麦子正抽穗、扬花，这雨来得及时，命肯定能救下的。洋芋糜子莜麦一类的秋庄稼当然更有希望。这场透雨过后，它们会抓住时机，迅速成长，开花，结果。"好的墒情可以叫庄稼和人一样喜笑颜开，乐不可支。父亲已经乐不可支了，连连埋怨他那个懒婆娘，说要是她不偷懒，及早锄尽糜子地里的杂草，现在就不用担心草与庄稼苗争抢水分的事了。野草争抢起水分来，庄稼往往不是对手。母亲盯着窗外，神情怪怪的，小心翼翼里含着一种惋惜，甚至怜惜的意味。她用一种难以言说的目光看看父亲，看看我们，望望远山上在大风里晃荡的粮食青苗，目光慢慢苍老起来。与父亲比，她似乎已经很老很老了，饱尝忧患，饱经沧桑，而父亲永远婴儿一样傻傻地没有理由地盲目乐观着。就在农历五月二十九的这场暴雨上，我的父亲与母亲，他们的人生观点与心态出现了明显的差异，不一样。父亲从一朵黑云爬上山头就开始准备，积极准备迎接一场大雨的到来。好像这场雨是下定了。母亲自始至终都小心翼翼的，没有过早高兴，只是冷静地用她惯经风雨波澜不惊的目光打量头顶的云彩。黑云迅速扩散，雷电一直呼啸，父亲像拍某个娃娃的头那样拍打着他的屁股说："呵呵呵，我的几个瓜娃儿啊，这下有馒头吃喽，不用担心挨饿喽。"他将那破布片一样的两片瘦屁股拍得啪啪响，竟然还拍出了一个响屁。母亲阴沉着脸说："你又不是龙王，能知道哪片云里有雨？"母亲最看不惯父亲这副嬉皮笑脸穷乐和的模样。她进屋教导大姐学习针线活儿去了。既然大家左右不了天上的事，先学学生活里必不可少的手艺才是道理。大姐已经十一岁了，转眼就该长大说婆家了，母亲不会放任她跟着我们疯野的。

果然正如母亲所料，父亲不是龙王，他不知道今天的云里没有雨，我们等到后来，看见大风漫卷，云朵消散，露出头顶上蓝蓝的天，红艳艳的阳光。我们才醒悟过来，我们高兴得早了，白白高兴了一场，一场来势凶猛的好雨就这样草草收场。刚才的事，只是大白天里做的一场美梦。母亲愁苦着脸指挥我们将屋檐下的盆盆罐罐重新搬回屋，空洞的家具向上张着大口，仿佛它们也饥渴难耐。错过这场大雨，它们觉得遗憾，心灰意冷。父亲照旧背着手，慢慢迈出大门，不知到哪儿溜达去了，他怕听到母亲的嘲讽与抱怨。母亲说他干什么事都跟屁股后头点了火一样，稳不住气，高兴过早。母亲气急了，甚至在抱怨，是父亲乒乒乓乓的动静吓走了云彩，驱散了一场好雨。

明明是一场好雨，到头来却是一场空欢喜。我们兴奋起来的情绪感觉难以回落，就继续紧张地兴奋着。两个妹妹在院子里打起了架，下庄子两个女人也争吵起来。针尖大的家务事，因为心情烦躁，失落难耐，她们干脆将小事闹成了大事。无聊的人纷纷拥到下庄子去看热闹。我披上老羊皮袄上了山，我想看看同样经历了这场空欢喜的庄稼，它们在干什么，会不会也无望烦躁到互相打骂的地步。

庄稼在地里静默着。我贴近了仔细查看，我从这种深不可测的静默里感觉到了预料中的东西。这种静默是经久的、辽阔的、无声的、忧伤的。庄稼们一齐微微低着头，它们大睁的眼睛和嘴巴对着地面。已经很少有庄稼的青苗能抬起头，挺胸直视头顶的烈日了。它们不愿意用善良的脸一直乞求毒辣辣的太阳，大家已经求了好几个月了，一点儿作用也不起，还不如把苦焦的脸迎向大地，弯腰低头对着大地。一场假想的暴雨刚刚过去，锣鼓齐鸣，闪电连天，却连一丝雨也没有落下。它们已经做好了畅饮一番的准备，它们准备得太久了。从进入正月，从发芽出苗，从绽放开第一枚叶片，从拔起第一根节，就开始准备了，等待迎接一个美丽的传说一样，开始做准备。为一场雨，它们甚至欣喜得热泪满眶。从来没有接受过一场雨水的洗礼，它们认真地摆出迎接的姿势，怀着虔诚的心情，怀着对雨水的渴慕，开始了漫长的等待的日子。可是，它们和我的父亲一样，欢喜得过早了。怎么能想到，会是一场空欢喜。我们、庄稼、人，我们都没有看到预料中的雨水，救命的雨水。浓云密布的天空裂开了缝隙，像有一双巨大无情的手撕开了云幕。有一道口子从无数人心上裂开，也从无数庄稼的心上裂开。

我一步一步爬上山顶，没有风，大片云朵悠悠地荡在天边，显得慵懒、疲倦。它们似乎在用歉意的神色打量着身下的土地。没能为身下的土地带去一星半点儿雨水，它们已经算不上真正的云彩，与废旧的棉花包包没什么两样。

我留心脚下的庄稼。麦子参差不齐，高高低低，与野草杂生。大家还是挣扎着抽出一个穗子，贫弱的穗子们正在扬花，一层淡淡的黄色粉末挂在穗子上。据说这就是麦子的花，零零散散，星星点点，闻不到芳香气息，反倒有股土腥味。

燥烈的黄土味道扑面而来，真不敢相信这根本不像花的花会结出红灿灿的麦粒，养活我们。事实上，我们一直靠麦子等五谷养活着。我们活在世上，一刻也离不开五谷粮食。

山顶上停风了，这是少见的情况，刚刚那场暴雨就是被大风赶走的。我们的山顶上总是刮着风，西北风四季吹过，往复不断。现在的山顶，出现了难得的寂静。世界一片寂静。耳边还是有响动，窸窸窣窣的，时有时无，时近时远。一定是庄稼在说话。麦子和麦子说，豌豆和麦子说，麦子和野草说。大家这一刻成了朋友，命运相同的患难之交。它们肯定和山下村庄里的人一样，也在叹息，叹息等不来一场活命的雨水。旱了好几个月了，却总是死不了，庄稼的坚强是惊人的。它们甚至还在向上长，青苗一寸一寸地长高，像大肚子女人那样一个个鼓起身子，怀里揣着的是一枚枚难以长得粗大的穗子。它们想尽早抽出穗子，赶在收割之前，结出一把籽粒。

豌豆早已死光。在庄稼的家族里，豌豆是娇弱的公主，远不及麦子耐旱。麦子这时候竟然还开得出一片暗淡的土黄色花。豌豆的蔓早干枯了，从叶片开始泛黄，枯黄延伸到秆子，整棵豌豆就面黄肌瘦，不久全身发黑，死后连一把柴火也留不下。娇弱的豌豆等不到落雨的天气，大片大片枯萎。野草开始蔓延，疯长的野草多么像小刀披散的乱发。

小刀正是一棵野草，从老土屋子里生长出来的野草，从他常年不离的那面土炕上生根发芽的。

这么多年里，有雨水浇灌他吗？想必不会有。他怎么就没有被旱死，渴死？真是棵旱不死的草啊。有时候，我禁不住一个人想，人活在世上，最难熬的莫过于五月，尤其是从正月开始就不落一滴雨持续好几个月后的五月。刚开始那一段日子，地皮深处还存着点儿墒，冬天雪后积下的。过了二月、三月、四月，进入五月，我们的土地就像一个走进沙漠迷路的孩子，等不到救援的人，一天一天慢慢熬煎着，面黄肌瘦，脉管里流淌的那点儿血越来越稀薄，眼看就要枯竭。眼巴巴地盼望头顶的蓝天上能聚起一团带雨的云彩。

等到今天，活着的愿望已经十分单纯了，单纯到只有一个：下一场雨，好好地下一场雨。人这样盼望，庄稼更这样渴望。方圆山沟里的人们谁会不这样想呢。大家都得靠天吃饭，雨水连着命呢。上庄子里的一个哑巴焦急得不行，比画着意思是他想举根长杆子，把天给戳个窟窿，看雨究竟下不下。

刀子老汉的拐棍声照旧天天响，回响在空旷无人、尘土弥漫的土路上。他扑通扑通跋涉在滚烫的浮土里，像走进了无边的泥坑，艰难地拔着步，毕竟是准备活二百岁的人，性子刚硬得惊人，不惧怕被尘土呛死，也不在乎什么肺气肿。整日里这儿走走，那儿转转，叮叮当当的响声提醒大家，他还活着，要继续往下活，再旱的年景也挡不住他活二百岁的劲头儿。有女人听得不耐烦，嘀咕一声："这个老不死的，心劲儿还这么好，也不看看什么年成，还有心思到处转悠啊。"刀子老汉没听见，就是听见也当作不知道，继续转悠。正午的时候，庄子里沉寂一片，什么都昏昏欲睡。真让人怀疑庄子已经死去，耐不住饥渴，死在旱年的五月。刀子老汉的响动传开来，传进每一个沉寂的人家，惊醒了将要闭眼入睡的村庄。庄子又活过来了，大家才发现这老汉是庄子的精神骨儿，是后辈人最好的榜样。这一来，大家倒真心实意盼望他能活到二百岁。

我发现这个老汉一天比一天稳健、刚硬，明显一时半会儿出不了什么差错。这可急死人了，我等不及了，主要是满山洼的庄稼等不及了呀。

一棵麦子在我脚下挣扎。它用无望的眼睛看我，它不说乞求的话，枯瘦的身子支撑着焦灼的面容，在烈日下一起一伏，它坚持不说求救的话，我能感觉到这种倔强。每一株庄稼就是一个倔强的娃娃，其实它们是可以哭上一场的。我们遇上了不顺心的事，实在过不了那个坎儿，就哭一场。偷偷哭也行，放开了声哭也罢，没有人会笑话的。活在这个世上，谁不会遇到愁肠艰辛的事呢。刀子老汉那铁打的人，他大儿子出车祸的那年，据说也哭了一场。儿子出门挣钱，来信说要给自己挣回一个媳妇好好孝顺老父亲，娶媳妇的钱还没挣够，死身子就拉回来了。刀子老汉终于强硬不下去了，当时就大放悲声，仰着头女人一样哀哀地哭。从此以后，遇事的人哭泣，我们不会笑话，不会觉得他没有出息，相反，一个坚强的人就应该这样，该哭时哭，该笑时放声大笑，更多时候，我们还得默默忍受，承受干旱，承受被干旱折磨中的漫长的熬煎，我们学会了熬煎，我们的汗水浇灌的庄稼也学会了熬煎。其实庄稼远比人能承受这种熬煎——比死还艰难的熬煎，没有人说这是一种精神。我的父亲母亲都是靠庄稼生存，一生与庄稼相伴的人，他们说不出什么高深的东西。他们教给我们的是怎样在年复一年永远重复的干旱面前学得坚强，学会忍耐，学会熬煎。生活里允许我们哭，只要不天天哭哭泣泣，偶尔哭一场是可以的，大家可以包容的。可是，我的麦子，你怎么就不哭一场呢？美美地哭上一场，打起精神，我们再往下熬接下来的日子。

没有人懂得庄稼的心事。我们一生与庄稼打交道，我们热爱庄稼，可是，我想，我们并不懂得它们。五月的时候，我们的血肉那么紧密地联系着，联系在一起。我们成了同甘共苦的友伴。可是，即使我们走得再近，庄稼也不会将全部的秘密敞开来，让我们洞彻。我看见一棵麦子怀里抱着没有出来的穗子，在风里晃荡，让我想到它是一个怀抱着快要断气的娃娃的女人。大风似乎在展现它的淫威，一次次扑倒麦子干瘦的身子，麦子又会重新爬起，用倔强的目光看着风。这目光我感受到了，我感觉麦子在用深情的目光望着我。它说："放心吧，我不会倒下的，只要活着，就能站起来。你还等着靠我结出的一把籽粒活命哩，不是吗？"

回头望山下，我们的庄子显得模糊、遥远。我一直生活其中的村庄，站出来认真打量，竟然觉得那么陌生，我忽然不认识它了。它就是我们的村庄，我们辈辈生存活命的家园，它被黄土的尘烟弥漫，多么像一个年代久远、衣衫破旧的老女人啊。每天刮过的西北风就是这个女人粗糙的大手，抚摩着我们娇嫩的面庞，让我们疼痛难忍，让我们在疼痛中开始生活，开始一个人漫长艰难的一生。粗粝的西北风，吹过我们父母的面颊，又吹着我和姐姐细嫩的脸蛋儿，我们都将长成父母一样的人，一样扛得起农活儿扛得起生活的担子的人。我想，我现在急需学习的是弄懂庄稼的心事。一生与它们打交道，不懂得它们怎么行呢。我要弄清楚，庄稼是靠着什么往下活的。在这么旱的季节里，能憋着一口气不死，一定有一样我们没有发现的东西在支撑着它们。我已经学习着了解它们的习性，我能说得上糜子与谷子的详细区别，豆子的不同类别，麦子的不同品种，我还能准确区别开燕麦苗与莜麦苗，并准确无误地拔掉野燕麦，留下莜麦。有些女子很大了还区别不出这两样东西，而它们一样是养活人的庄稼，一样是祸害庄稼的草，它们长得实在太相像了。

今天又是主麻日。我们的庄稼又熬煎了整整七天，是在骄阳的烤晒下一分一秒熬过来的。小刀送我的带蝴蝶的鞋子已经穿在脚上过了七天，这七天里我走了多少路我自己也说不清楚。我每天都在走，事实上，除过天黑睡觉的时间，白天里我们都在走，人活着就得不停地走。庄里那些老人就是走了一辈子，走到老得快走不动了，还在坚持走。他们将一直走到咽气，被埋进黄土坟院。人一辈子都在走，细想起来不由得叫人吃惊，人原来是一辈子走到老的，一双腿从不停歇地走动。一个人一辈子究竟走了多少路，谁也说不清楚的，就连瘫在炕上的小刀也说不清楚吧。小刀的脚从来没有真正踏上过路面，可谁又能知道他会不会在用心走路？一个人如果用他的心走路，多少路也走得过来的，比脚还走得远。

小刀的心就在千里万里之外。他用古怪的目光看着我，笑嘻嘻地说："你相信吗，你们每天干些啥我一清二楚，这个庄子里的人，谁在干啥，我都知道。你不相信？我就知道你不会相信，你们有腿的人就是不愿意相信一个瘫子的话，可我说的是大实话。"他仍然在笑，说话的时候都在笑，笑得满头的长发乱晃。头发也在笑，发出唑啦啦的声响。我的心啊，每天都在外面，跟着日头啊月亮啊北风啊庄稼啊跑，我整天都在跑，我的心把腿子不能走的路都走了，我的心就是我的腿。所以啊，我的心才这么乱。他说："你还是不相信是吧,那么你见过庄稼走路吗？吃惊了吧，告诉你个瓜娃娃，庄稼也是长腿的。它们的腿我们看不见，但庄稼一直都在走路，用它们的心走路，心就是庄稼的腿。

你到山上看看去，麦子是静静地站立着一点儿也不动吗？没有，它们一直都在动。哗啦啦地唱着歌子，说着话，说不定还在吵嘴哩。嘿嘿嘿，你个瓜娃娃，瓜得透透儿的。”

我记起来了，庄稼是在动，它们真的一刻也不停歇，总在动，摇啊摆啊，摆出一波一波的绿浪。原来它们在走路，用自己的心走路。看着眼前万物动荡的情景，我不由得暗暗佩服小刀，他说的是对的，庄稼也在走路。摇摆晃荡的庄稼正是在走路啊，一生都在走，和人一样辛苦，降生在我们贫瘠的山沟里，它们就得一生奔跑，只有这样奔跑才能长大，养活同样一生奔跑的我们。

小刀说：“你要穿上这双鞋子，替我到山顶上看看，看看庄稼怎么样了，死光了没有。记着，你一定得去看看，啊，记住了吗？”这回他没有笑，他严肃起来的样子有点儿怕人。我溜出了刀子家的院子，胳膊下夹着鞋子。我想拒绝拿这双鞋子，可是，一对绿蝴蝶实在可爱，我真的舍不下，再说，要是鞋子落入别人手里，另一个女子脚上穿着它，满世界夸耀，我到时候一定会很难过的。我的绿蝴蝶怎么能飞在另一个人的脚面上。我夹上鞋子溜出水洞，主麻礼已经结束了，男人们正迈出寺门，白花花的帽子像开在旱地里的花。从水洞口爬起身，我发现头顶的阳光分外烈，满世界铺满了白花花的银子一样的光，眼睛也没法睁了。我模模糊糊记起自己忘了一件事，走这一趟最要紧的事。

只能等下一个主麻日了。刀子老汉眼看就要回来，我急惶惶溜回了家。

鞋子穿在我脚上，不大不小，正好合脚。母亲听了我的叙述，像听见了天方夜谭一样，吃惊使得她的眼睛久久地大睁着。她真的没法相信，那个瘫子，会做这么好看细致的鞋子。他原来还活着，他竟然像女人一样做起了针线活计。女人们纷纷拥到我家来，亲自看过，并仔细捏一捏我的鞋子，她们才相信小刀的事不是我母亲在开玩笑。因为我母亲也做不出这么精致的针线。“这个小刀啊——”她们感叹。

一夜间，我们庄里娃娃、大人的脚上全穿上了小刀做的鞋子。娃娃们互相评比着他们的鞋子，得出一个一致的结论：瘫子小刀做的鞋就是比自己母亲做的好看。男人们也这样认为，甚至半开玩笑半认真地告诉自己的婆娘，今后再不细心做鞋，自己就休了她，专门找小刀做鞋，一辈子不要老婆也行了。女人们哈哈笑着，威胁男人说：“你们试试看，我才不怕哩。”不过，她们一致承认这个男人的鞋子做得好，是真正的好。有些样式她们还没有尝试过，倒是由这个人开了先河。一时间，女人们顾不得为持久的干旱发愁忧虑，大家纷纷做起了鞋子，仿照小刀做出的样子裁、剪、粘、糊、缝，绣花边，绾麻花扣子。做鞋的间隙，有女人头靠住树干，幽幽地叹气，说：“你们说这个人咋做的，这么难的活计，女人也做不好的，他会不会是个女人身子？”惹得大伙儿笑，说她脑子出了问题。

穿了小刀鞋子的人，从自家拿出一木升子粮食，什么杂粮都行，只要是五谷，送到刀子老汉家去。小刀说了，他要靠自个儿的手养活他的老先人。老汉养活了自己半辈子，现在土埋到脖子底下了，他得尽尽当后人的孝心。大家乐意穿小刀的鞋，愿意拿出粮食去换。男人拿升子装粮食，女人没有反对，这些年里，刀子老汉一直由大家帮衬过日子，在意识里，那爷儿两个早就不是外人了。倒是小刀，大家多年的养活没有白费，他原来是个有用的人。

“只是小刀这娃娃，咋就那么深沉呢，做这么多鞋子，也不提前跟大家说一声，这么难做的鞋子，难为他了，他肯定受了不少的罪——这个娃娃呀。”女人们的话像是抱怨，又像是责备。那绵长幽怨的语气，显然把小刀当成了自己的一个淘气的娃娃，真不知道该骂他还是疼他。这个娃娃呀——其实小刀已经是四十几岁的大男人了。

“大旱不过二十五。”老人们说。我们庄里的这些老人，越来越相信一些老辈人口头流传下来的谚语老话。刀子老汉就是最典型的一个，他用拐棍敲击着地面，说：“大家不要愁，愁顶不了事，大旱不过二十五嘛，这个月的二十五以前，一定下雨，下场透雨。”一些人信了，满怀希望地点着头，说：“这样好，这样就太好了，我们有救了。”有的人将信将疑，怀疑地看着老汉的脸，这话老汉说了不下几十年了，好像自己小的时候就听到他在用这样的话安慰大家，过了这么多年，还是这句话。以自己这么多年的亲身经历看，刀子老汉的话并不应验。时间在二十五之前和二十五以后没什么变化，一样地旱着。今年的农历五月恐怕还是一样，不会忽然就降一场透雨。他只是在心里疑惑着，没有说出自己的想法。说出来大家肯定会不高兴，谁不想怀里揣着希望往下活啊。再说如果真像刀子老汉说的那样，二十五前后落场雨，不是天大的好事吗？可是每一天都是响晴的天，日头毒辣辣地罩着大地，丝毫没有要落雨的迹象。

小刀病了。以前小刀肯定病过无数次，但从没有这一次受人关注，这次得的是大病。而且，我们的脚上穿的鞋子就是他那男人的手做出来的。我们每走一步，小刀的影子就在眼前闪现。大家挤进刀子老汉的家，纷纷去看小刀，连那些一辈子没进过老刀家门的人也带着一点儿好奇来了。小刀乱麻一样的头发被几个女人剃掉了，她们说这辈子没见过男人留这么长的头发，乱得像鸡窝。连同头发一起纷纷落下的有厚厚的污垢、污垢里乱跑的虱子，小刀的头就是一个藏污纳垢的地方。有女人拿破布擦拭生锈的轮椅，说等小刀好了要推着他四处走走，透透风，叫日头晒晒，老这样，小刀就该真的像轮椅一样生锈烂掉了。小刀新剃的头皮还是很白亮的，像刚出锅的圆馒头。有女人拉着小刀硬给他换衣裳，衣裳下露出黑紫的烂肉。小刀的身子是烂的，双腿尤其烂得厉害，肯定是烂了几十年了，口子都黑透了。娃娃们看见哇哇地吐，恶心得不行。有女人也犯起了恶心。小刀看见了挤在娃娃丛里的我，给我挤出一脸笑来。我发现这回他的笑不是嘻嘻嘻的，而是有些疲倦，有些力不从心的味道。

“我等了八年，我知道你们会来的。”他说。这回他没有对着我一个人说，而是对着满屋子的人说的。

女人们哗啦啦笑起来，捂着肚子说：“我们又不是集市上的大姑娘小媳妇，屁股一扭一扭的，好看着哩。我们是你嫂子——叫嫂子，叫嫂子呀！”

“嫂子——”小刀果然叫了，声音甜甜的。叫了一声，又叫一声，看样子他还想叫，却没力气叫了，就闭上眼喘气。

可能是一声“嫂子”起了作用，几个准备走的女人留下了，她们为瘫子换了干净的衣裳，还把炕上的破烂收拾了一下。扫了房顶的拖毛尘，给地下洒上水，彻底清扫了一回。扫出的尘土足足装了半背篼。

收拾完大家要走了。小刀睁开眼说等自己好了，一个一个上门去给嫂子们磕头道谢。女人群里发出哗啦啦的大笑，大家七嘴八舌说：“你就快点儿好吧，我们可等着呢。最好这几天你连腿子也长好了，不然可怎么磕这个头呢。”

女人们终究没有等到小刀上门磕头道谢。正午热得要命的时候，小刀突然断了气。等刀子老汉发现他时已经硬邦邦的了，刀子老汉跌跌撞撞地跑出门叫人。消息把大家吓了一跳，几个女人不相信，跑进家里亲自看了，才相信刚才还和大家说笑的那个人真的不在了，离开了这个世界。这样也好，这么干旱的年景，活着确实是大家的累赘。可是，有个女人带着点傻气地说："他走咋不跟我们打个招呼哩，悄悄就走了，我还想向他学个鞋样子哩，看来没法学了。"

天气又热又干，埋体一天也不能多留的，小刀也没有什么远房的亲戚朋友要等，大家商量了一下，当下就叫人骑摩托车去集市上扯来白孝布，下午，小刀的坟挖好，就把他送进了土里。小刀留下的鞋样子各式各样，大小齐全，女人们每人挑拣了一些拿走了。大家觉得小刀无常得真好，什么人没连累，大旱的年里，也不用人为他操心了。

送埋体的下午，我混在人群里，我知道这是我进入刀子老汉家门最后的机会。上回我爬过的流水洞口，刀子老汉回来就发现了痕迹，叫几个年轻人帮他搬了块大石头堵上了，到处宣扬说有贼惦记上他家了，还说贼肯定是欺他家老残病弱，才大白天上门来。他可不是好惹的，这把老骨头还硬得很哩。大家当笑话传说老汉的话，我也跟着笑。但我明白，没有事由，再也不能进刀子的家了，尤其是从流水洞口进出。

送小刀的人来了不少。大家都懒懒的，显得心不在焉，有气无力。我们实在没有理由高兴，一连几个月不下雨，等雨等得人心上起火，谁还有心劲儿高兴。小刀这娃娃懂事，天气旱了，他知道要来灾年了，就悄没声儿地走了。他的无常，叫人觉得莫名地伤感。一定不是为亡人伤感，究竟为了什么，好像说不上来。

趁大家心不在焉的时候，我溜进高房子，盖碗就在桌子上。不知老刀的哪一辈先人手里留下的木头桌子上，放着同样是先人留下的白瓦盖碗。没有人注意我，我把盖碗揣进怀里就出了门。大家的注意力在别处，不然是很容易发现我的诡计的。我微微弯腰的样子一定像个大肚子的女人。

我上了山，山顶上有一堆我早就拾来的瓦片。各色各样的瓦片，在日头炽烈的光照下，热得烫手。为了找来这些瓦片，我最近总是魂不守舍，母亲骂我整天迷迷瞪瞪的，把魂丢了一样。其实我在找瓦片。我把能走到的地方全找了，白的黑的淡蓝的浅黄的，只要我们这里可能出现的瓦片，我几乎找全了。我甚至找来一个女人扔掉的尿盆上的一块带花的粗陶片，只要是带花带草带虫带鸟的瓦片，我全找。然而，经过艰苦的寻找，我才发现，我们庄子里的人活得有多么简朴，大家几乎全用一种白色的略显粗糙的碗吃饭，这种碗是货郎子拿到门上来叫卖的，大家用钱买，也用破纸片、旧鞋子、烂铁旧铜换，还可以拿头发换，当然是女人的长头发。黑色的碗几乎销声匿迹，只是从土地里偶尔遇上一点儿残片，奶奶说是古时人用过的。有多古呢，奶奶说不上来。

一个偶然的机会，我发现刀子老汉家有个白瓷盖碗。其实这不重要，盖碗大家还是买得起的，老汉们普遍喜好用盖碗喝茶。可是，通过留心观察，我发现大家的盖碗上不是描一朵花，就是一竿竹子，还有的是一座山一道水，偏偏没有蝴蝶，没有展开翅膀飞翔的蝴蝶。我找来的瓦片上找不到希望中飞翔的蝴蝶。

刀子老汉居然收着一个有蝴蝶的盖碗。初次看见这个盖碗，我就惊呆了。这不是我苦苦寻找的东西吗？碗身上的那只蝴蝶，那只张开翅膀，做着飞翔动作的淡青色的蝴蝶。接下来的时间里，我绞尽脑汁地想办法，所有能想到的法子，我几乎全考虑到了，就是没有办法叫盖碗的主人——刀子老汉，把盖碗送给我。相信他是不会给我的。凭什么呀？那个老汉一向以小气出名，就是大人去求，他也未必肯答应。况且他最讨厌娃娃了，见了我们，老远就挥着手，赶苍蝇一样，说：“嘘嘘嘘——嘘——嘘嘘。”

我们就得老早滚开，再纠缠他会抡起拐棍，毫不客气地砸到头上来。

恳求是没有用的，我决定偷，三要不如一偷嘛，终于让我得手了，不知道老汉事后发现了会气成什么样子。对着盖碗我禁不住哈哈大笑起来。空旷的山顶上，大风裹起我的笑声，消散到四面八方。没有人知道我做了贼，没有人知道我做贼是为了什么。

我把盖碗打碎了。粗瓦片砸下去，发出清脆的令人心神摇曳的碎裂声，只留下蝴蝶完整的身子。剧烈的阳光下，蝴蝶的神情显得疲惫、慵懒，好像它一直沉浸在一个悠长美丽的梦里，踟蹰留恋着，舍不得离开。它还在保持着飞翔的姿势，长时间保持一个姿势其实是很累的，刚才的碎裂声也没能惊醒它。我抡起胳膊，右胳膊向前，左胳膊朝后，身子微微下蹲，攒力，使劲，呼的一声，瓦片飞出去了，带着一股劲风飞向山下。我闭上眼，瓦片上的蝴蝶最终会落到哪儿，我不去追究，也不留恋。

大旱的正午，找一片蝴蝶瓦片，扔进山下的尘埃里，就一定有一场大雨落下。是谁说过这样的话，我想了想，怎么也想不起来。其实，谁说的已经不重要，重要的是及早下一场雨。

忽然觉得很困乏。干完了忙碌已久的事，终于可以好好歇歇了。

——我等了八年，我知道你会来的。

——你一定会来的。

——美丽的雨水。

远山弥漫在淡淡的尘烟里，好像画儿里画出的风景，居然有一些美的意思在里面。

山顶上刮过一阵风。不用抬头看，我知道是西北风。古老的忧伤的西北风。

尕师兄

尕师兄刚来的时节还是个娃娃，白脸，细长的脖子，露在外面的脚踝骨也是白白的，是个模样细嫩的男娃娃。

我们隔着门帘悄悄地看，目光始终围着他打转，看清楚了，我就忍不住偷偷地乐。他这个样子，确实叫人感觉好笑。他的模样真的有些独特，肤色像女子一样白嫩也就罢了，主要是一双眼，大得出奇，嵌在圆实的脸上，骨碌碌地转动。他的模样，就像画儿上的大头娃娃。

他还爱笑，一笑，露出白白的牙，我一眼就发现他的前门牙长得整齐，牙的颗粒大而且白，齐刷刷排成排。这样一口牙长在大姑娘的嘴里最招人注目了，会有锦上添花的效果。偏偏长在这个毛头小子口里，这就让人觉得稀奇。尕师兄咧着他的一口白牙，见人就笑，样子怯怯的，这笑算是跟人打的招呼吧。他一笑，低下头去，看着自己的脚面，模样敦厚里带着羞怯。

"像个大姑娘。"姑姑对一屋子的人说，说完用嘴努努，朝着尕师兄站立的地方。女人们抿起嘴角无声地笑，大家心领神会。爷爷将要收的最后一个弟子，竟然真的带有几分姑娘家的秀气和羞怯。

大家的眼里就浮上一丝担忧。

爷爷收不收这个小徒弟不好说。他的模样，不是爷爷一贯赏识的那样。身板不高，勉强算得上结实。长相与爷爷以前带过的徒弟相去甚远，纯粹是两路人。印象里，爷爷看中的人，个个膀大腰圆、虎头虎脑，能吃苦，能耐劳，拉起大锯来像牛犊子一样，嘿嘿喘粗气，挥汗如雨，轻易不会叫苦，在重活苦活前从不露怯。说来道去，木匠这碗饭不好吃，不是人人吃得消的，得具备当木匠的资质——结实的身板儿、灵活的脑子。

我爷爷是实诚人，挑拣人就更注重老实厚道与身板结实两方面的结合，所以爷爷的弟子个个是老实厚道人。他们艺满出师以后，在方圆干出一点儿名堂，有了小小的名气后，见了爷爷还是很尊重，每年的开斋节上记得提点儿干果茶叶来看看老师父。

爷爷有十来年不曾带弟子了。干活儿用的是他的二儿子，我们的巴巴。爷爷的三个儿子，志向全不在这一行上，老大自小身子瘦弱，种的十来亩地全靠妇人娃娃帮忙，才勉强种得下去。老三脑子灵，是个能把书本啃进脑子里的人，已经念初中了。爷爷就满怀希冀地供养他念书。只有老二身子结实，是块吃苦的料，可惜是个哑巴。他脑子并不笨，学东西快，但终究缺少听话说话的本事，是一种致命的缺陷，一种不得不承认的遗憾。爷爷在家里接了活儿干，改木板时，就喊二巴巴帮忙拉大锯。拉锯是力气活儿，爷爷打好线，二巴巴按照墨线痕迹拉锯子就成，一般偏不了。其他细致的活计，他就干不好。爷爷一个人敲敲打打，精雕细琢。出外给人打家具做门窗盖房子时，爷爷一个人上路，不带哑巴。看得出来，爷爷不打算把手艺传给这个儿子，就算传，他也是掌握不了多少的。爷爷没有教导的耐心，哑巴对木匠这一行的兴趣明显不浓厚。

爷爷一个人坚持了七年，七年里没有收弟子。随着年岁逐增，他终于感到了力不从心，就感叹说年纪不饶人，脚来腿不来，老眼昏花，连线也打不端了，等等。爷爷这样感叹几回，方圆的人就都明白了，扇子湾的老木匠，马子良老汉，又要收弟子了。看来是最后一个弟子，关门弟子。

那段日子，附近村庄的人们，茶余饭后肯定在热切地谈论一件事情：马子良木匠会收谁做弟子？是啥样儿的？咱家这小子不知人家看得上吗？这最后一个徒弟，一定能学到老木匠这辈子的绝学。除非他不想倾囊相授，把绝艺带进坟坑里去。

果然有求学者找上门来。隔三岔五就来一个，见了爷爷不是点头哈腰，就是愣头愣脑地站着发傻。爷爷看一眼，摇摇头，绝不看第二眼，示意奶奶做饭，吃了打发人走。一段日子过去，前后有十一拨人踏进我们的双扇大门，吃过浆水长面，复又离去。

奶奶明白爷爷的心思，他前半辈子收的全是老实人，干活儿实诚，不坑人，不骗人，但脑子太死，学到了一点儿匠人的基本手艺，也能盖房子、做家具，也算是个匠人。可他们做出的家具哪样超得过爷爷设计的样式呢？他们只是守成，没有能力创新，突破他们的师父，更不要说超越爷爷。有爷爷活在世上，继续吃这碗饭，就有无数新鲜新潮的家具样式从他手下流传开来，都是爷爷苦苦想出来的。爷爷做出来了，他的弟子见了，相继仿照着做。女儿家出嫁的双扇面的梳妆台是爷爷第一个做出来的，四个抽屉、颜色暗红的“北京柜”是爷爷从城里学来的，他做出来，是方圆第一个。经过他的徒弟仿做，在乡里流行开来。总之，都是爷爷在开先河。他的那帮弟子，都是四五十岁的人了，还是老老实实、墨守成规，重复着从师父处学来的那点儿手艺，不知道动手创造新的柜了椅了。年轻的时节，爷爷是赞成这一点的，这不更能凸显他当师父的能耐吗？然而，年事逐高，爷爷眼看要退出这一行了，年岁不饶人，腿脚不灵便，干这活儿常常力不从心，得收最后一个弟子了。爷爷开始在周围物色可意的。

奶奶说这个老汉啊，他的心思重着哩。奶奶和爷爷在同一面土炕上睡了几十年，两个人的两鬓是同时泛起霜色的，她最明白爷爷的心思了。看架势，这回爷爷想收个不一样的：身子骨壮实，还得脑子好使，聪明伶俐，是能真正继承他衣钵的人。

爷爷以前的那些弟子，脑子实在，是学不来绝学的。精巧细致、技术含量高的地方，没有好脑子好心性是不行的。

尕师兄出现了。一开始我们不叫他尕师兄，那时节我们是第一次见面，怯生着哩。他是由一个女人领着进了我们的家门，女人是一个远房亲戚。前十几年里，我们的日子紧困，经常断顿。这女人的男人还在世，他们家道殷实一些，那男人为我们送过粮食，一共是三回。两回送的是洋芋，最后一回是麦子。用毛驴驮了，一路翻山越岭寻找过来，打听到我们扇子湾来。奶奶的几个娃娃就靠那口粮吊着命熬过了难关。现在，亲戚的女人和后人寻上门来了。女人说自打男人病故后，他们孤儿寡母的日子不好过，近来本家想占那十几亩土地，就想法子赶她母子出门。女人说她遇上了合适的人，想走一步，这儿子最好的去处，莫过于上这里来学手艺。一来，可以暂时安身在这里；二来，将来成人后是个有手艺的人，能养家糊口，这样算是个最好不过的办法。

女人没有提及早年给我们送粮相救的事，也没有鼻涕眼泪地哭诉自己的难处。当着我们一大家子人的面，她表现得很镇静，娓娓地说了她和儿子当下的境况，完了推一把儿子，说娃娃心灵着哩，听话，手脚勤快，是个老实娃娃。

尕师兄憋红了脸，低下头，左右两个手的指头在一起绞着。娘儿俩的衣裳都是旧的，洗得倒干净。尕师兄的右肩头有一块灰色的补丁，针线细密，看得出来，要补那么细致，是得花费一番心思的。

爷爷盯着那片补丁走神。半天，问一句："多大了？"

"十四，腊月过的岁儿。"女人赶忙回答。尽管爷爷的喜怒依旧不形于色，我们大家还是从这不相关的话里听出了希望。

奶奶进来说饭熟了，端上了细长的浆水长面。大家吃饭，那娃娃不敢上炕，站在椅子边，从进门就站在那儿了。爷爷说："坐椅子上啊。"他才小心坐了，只坐了半个椅子角儿，吃了一碗饭。尕师兄吃饭的时候，嘴角一抿一抿，一根根细长的面条就优美地滑进他嘴里。我们几个娃娃隔着门帘看，看到这里，跑进厨房哈哈大笑，还没见过这么扭捏的男娃娃，跟个大姑娘一样！怕的啥羞啊？我们就不理解了。姑姑帮我们母亲下面，觉得好奇，也想去看看。借着端饭的机会，进去看了，回来给母亲学：怎样拧着身子坐了，怎样用筷子尖儿小心挑着面，吃、嚼、咽都是没有声音的。真个比我还害臊哩！比画完，姑姑也笑了，说："咱大还没收过这么秀气的人哩，要能收下，可就稀奇了。”

我觉得姑姑这个词儿用得太好了，最恰当不过——秀气，真是合适得很。

我们几个娃娃忽然担心开了，担心吃完长面，爷爷推开饭碗，捋捋长胡子，说：“可惜得很，你这个娃娃不是吃这碗饭的料，还是回去叫学个别的啥吧。”算是拒绝了。求学的人带着孩子遗憾地离开。

自记事起，我见过爷爷拒绝人的很多场面。我们已经司空见惯，也就无动于衷漠不关心。那一个个五大三粗黑不溜秋的大汉子，就算吃不上这碗饭，去干别的，当瓦匠、石匠、井匠，都是不成问题的。那么好的身体，还愁在这世上活不下去吗？我们一直心安理得地看着爷爷大手一挥，好多人被挡在大门外面。我们甚至觉得就该这样的，没什么可惜。

可是，今天，我隐隐担心起来，忽然怕爷爷会把这个人也拒之门外，我们从第一眼就喜欢上他了。他发现我们几个娃娃在门外，拽着门帘往里偷看，迎着我们的目光，轻轻笑了，笑得无声无息。大眼睛眨巴眨巴，白白的牙一藏一露，我们就开始希望他能够留下来。

爷爷把饭碗放下，伸手捋胡子。蓬松的长胡子像松鼠柔顺的尾巴，他捋一把，又一把，在思谋什么。坐在炕边上的女人只吃了一碗饭，抹抹嘴，死活不吃了。奶奶收拾碗筷，偷眼看爷爷，还在捋胡子。不知不觉间，那女人的眉宇间浮出一层细汗。

爷爷叫奶奶停下忙碌，把箱子里那匹红绸被面拿来。奶奶愣了，一时回不过神来。“要红绸子干啥，不收就不收，难道还要挂起红来表示拒绝吗？”奶奶暗自嘀咕，还是过去开箱子，奶奶的箱子里收着好几匹绸被面。爷爷每给人家盖起一座大上房，立木上梁那天，主家一定得宰牲挂红，以示庆贺。当天的饭桌上，大木匠爷爷能吃到一个鸡大腿，还能拿回一条绸子被面，当作挂红的谢礼。大伙儿总喜欢送喜庆的大红色，多年下来，我家各个炕上的被子全变成红色的，红彤彤的喜庆色。连两个已嫁姑姑的家里也都有了几条红被面。奶奶说从现在开始，要给碎姑姑做准备，积攒几条上好的绸被面，这样姑姑嫁人时，就可以大方体面，红红火火地出门上路。

奶奶奉了爷爷支使，从箱子里抽出一条被面，放到爷爷面前。一屋子的人瞅着爷爷，这个老汉以往打发人，可不会这样隆重的。他到底要干啥？莫不是记着当年的救命之情，送一条被面以示歉意。

爷爷下炕穿鞋，尕师兄惊得站起身。爷爷咳嗽两声，说：“娃娃我收下了，能不能学好，得看他的造化。你出门我们就不去送了，这个就当提前给你送行了。”把被面郑重地递给女人。满地的人都吃惊了，怀疑自己听错了。原本盼望能收下这个娃娃，等到爷爷真的说收下，人心里又觉得怪怪的，觉得这事出乎意料。只有尕师兄的母亲，这个稳重的女人，表现得平平稳稳，起身接过被面，轻声道谢，然后告辞。

我们到大门外送她回去。这女人步行来的，回去的时节还得步行。奶奶说天气不早了，要她留下，明儿吃了早饭再走。女人决意不留，说十里外的李庄有个姐姐，想去看看她。

女人走了，步子稳健、沉着，不慌不忙地走过了山口，消失到山后去了。爷爷看着云雾缭绕的山口，叹了口气，说："德山兄弟，身子那么好，说走就走了，人啊，活在世上，难预料得很。"德山正是我们那已经病故的远房亲戚。

尕师兄落在众人后面进的门。进了门，爷爷正式宣布，他收下这个徒弟了。这个十四岁、小名尕子的男娃娃，从此以后要在我们家吃住、过活，成为我们当中的一口人。爷爷指指我们几个娃娃，说："你们几个一块儿长吧，赛麦、金花，就喊他尕子哥哥。"母亲扑哧乐了，说："我的娃这回多了个哥哥。"我们都乐了，我们没有哥哥，早就眼热有哥哥的同伴。尕子给我们当哥哥，我当即就高兴起来。可是，我听见身边的姐姐鼻子很重地哼了一声，掀门帘子出去了。她不想认这个哥哥？当天夜里，姐姐就教训我，不准我把这个白脸娃娃喊作哥哥。"那喊啥？总不能叫尕子吧？我们又不是大人，可以随便呼喊别人的名字。以年纪论，他也当得起我们的哥哥。”

“那你就叫他师巴巴去吧！”姐姐撒气地说。这倒提醒了我。爷爷那些大弟子我们都喊师巴巴。这个年岁小的尕子，干脆叫他“尕子师兄”得了。事实上喊师兄的也就我和几个妹子，姐姐从未这样称呼过尕师兄。尕师兄好像也不生气，只是尽量躲着姐姐。

“尕子师兄”被我喊着喊着，为了简便，就省去那个“子”，成了“尕师兄”。

尕师兄就这样留在了我们家，和我们一起成长，可能直到长成一个大男人、娶媳妇的时节才会离开我们。

奶奶当时喊姑姑去打扫碎巴巴住的高房子，拾掇了给尕师兄住。碎巴巴念书去了，住在学校里，只有寒暑假才回来住几天。他的高房子里到处都是书，炕上有书，桌子上堆着书，连枕头也是拿书代替。他不许别人随便进他的屋，动他的书。他的高房子就长久闲置着，姑姑洒扫时，居然从炕圪塄里扫出好几条毛蚰蜒。我们平常见了毛蚰蜒总是想法捉住，用脚踿死的，奶奶说不然它会钻进人的耳朵里，造成人病。姑姑对着几条浑身是腿慌忙逃窜的毛虫了手脚发软，不敢上前去捉。正犹豫着，一条细长的胳膊伸过来，一连抓住三条，捏在手里，又捉，完了放在地下踩，踩成了一摊烂泥，踩完对着发傻的姑姑咧嘴笑。姑姑看清帮忙的正是刚来的尕子，他是来帮姑姑搬书的。

姑姑发现这个脸色白白的娃娃，心肠倒硬得很，禁不住惊呼："你胆子不小嘛，没看出来！"

尕师兄微微笑，笑容里有着些讨好的意味。

两个人把书从炕上搬到桌子上，码放整齐。

天黑下来，我们围在上房里听大人们拉闲话。爷爷面前的方木桌上放着一个高高的灯架，这灯架样式古朴，做工细致，是爷爷用一些边角木料随手雕刻而成的。最底是一块四方木头，木头中央镶嵌一根一尺来长的铁丝，铁绳拧成麻花状，顶端高高擎起一个莲花形灯托。灯托中间凿出一个圆圆的坑，灯盏就放在这坑里。整个灯架，最漂亮最吸引人的地方，就是这莲花形的灯托。爷爷用凿子一点儿一点儿凿出了莲花的形状，凿得光滑细巧，一枚一枚花瓣历历可数，盛开的花朵中心点起的那粒星火就是煤油灯盏的灯芯。火苗下的人，脸上都被灯光涂抹上一层色彩，是梦幻般的色彩。

我们都喜爱这灯架。我和姐姐尤其梦想爷爷能再做一个，分给我们，好放在我们睡觉的房里。我们就可以在漂亮的灯架擎起的灯火映照下，听父母絮絮叨叨议论家长里短，我们在被窝里渐渐沉入梦乡，那一定是十分美好的感觉。可是，灯架只有一座，在爷爷奶奶住的上房里。要爷爷再做一个，谈何容易。爷爷做这类小玩物凭的全是一时兴致。兴致上来，没人要求他随意就做了。他没心思，我们央求上十遍八遍也是无济于事。事实上我根本没有去央求他，只在他高兴的时候乘机嘟囔过一回，他没反应，我就不敢再啰唆。爷爷的脾气比三伏天的雷雨还暴烈，惹翻了他可得吃不了兜着走。

我想自己动手做个灯架。求人不如求己，我便留心收集合适的木料。我得从爷爷扔下的边角料里寻找，找个四方的底座、一方木质结实的木墩，还有一些零碎的用料。边角料里有的是合适的零碎，难找的是一方大小合适的灯托料子，得结实，耐得住斧凿的雕刻，最好是杏木。杏木青中泛紫的色泽给人一种油津津的感觉，凿刻出的花形圆润饱满，几欲逼真。杏木不好刻，木质坚硬，一般刀斧对付不了它，况且是这么细致的活计。可只有杏木雕刻出的花形，才具有栩栩如生的神韵。杏木的方块不好找，主要是因为爷爷今年还没有做案板，一直在做门框和窗框、桌子、柜子、凳子、书架，什么都做，就是没有请做案板的。只有做案板才用到杏木，杏木的案板擀面光滑干净，不起木屑，耐得住刀刃的切刮。

方圆的人家几乎都有了像样的案板，请爷爷做案板的就鲜有人家。其间，爷爷做过一个柜子，带暗仓的那种，柜面就用了结实的杏木。那男人说他女人要在上面给鸡剁食，就要求做结实些。他扛来的木料是从旧柜上拆下的板子，爷爷掂量一番，依照木板的尺寸做起柜子，连一寸也没有余出。我寻找的木块就耽搁下了。

这事一耽搁就是大半年。尕师兄都进门了，我还在留心寻找。尕师兄一眼就喜欢上灯架了。白天的时节，他怕生，加上天气亮，使他没有留意到放在柜角的灯架。等到暮色落下，点起灯来，他才看见。他睁大眼好奇地望着，眼皮眨巴眨巴，神色间流出明亮的喜悦。这灯架将一盏平凡的油灯衬托得分外漂亮，简直就是一件艺术品，连本来昏黄的灯火也显得瑰丽辉煌。

大家围在爷爷身边，一年里难得有这样安闲相聚的时刻。现在是深秋时候，天气一天比一天凉，地里庄稼早收割完毕，碾打扬尽，装进口袋。洋芋也挖了，堆放在很深的窖里。秋高粱也杀了，高粱捆子立满了地，远远看去，像一个个肃然站立的人影。

秋雨多，等交上冬，气候干燥时节还得挖起牲口圈里的粪土，堆在大门外细细砸碎，一年的农活儿也就忙到头了。年年这样，随着时令变迁进行不同的劳作，大家已经习以为常。该忙时，深更半夜起来，顶着星星干活儿，忙得昏天黑地。农事清闲，便抽空好好缓缓，让身心舒缓舒缓。晚秋是个难得的歇缓时节。一家人难得这样团聚在一起看星星说说话，听爷爷讲些古今奇闻。爷爷本人就是方圆少有的奇人。木工这行，样样精通；还会念经，一本很厚的《古兰经》，他能一口气念几个小时；还擅长打算盘，能说会道，肚子里装满了各种奇闻逸事。他讲起古今，不急不躁，娓娓道来，真正引人入胜，叫人一心陶醉其中。

灯架上这盏灯的灯芯比别屋的灯芯粗壮，也挑得高，灯口上装个玻璃罩子。微风不停吹拂，灯火在罩里摇晃，却始终不会熄灭。有飞蛾小虫不断飞来，在灯罩上撞着跟头，灯火一如既往地亮着。这样的亮度，与我们这里惯常的平凡日子相比，实在奢侈了些。没有人家会轻易舍得将灯芯挑到这么大。过日子嘛，总得讲求个精打细算细水长流才行。我们的日子一直都是细水长流。我们厨房偏房里的灯，一律是细细的捻子，昏黄的一点儿光，仅仅能让我们在灯光下完成洗锅脱衣睡觉说话这些活计。姑姑喜欢夜里挑灯做针线，爷爷起夜出去看见了，必定会唠叨半天，说："这败家子糟蹋煤油哩，不当家不晓得柴米贵，我这个掌柜的难当啊。"

话虽然这样说，爷爷在家的日子，他上房里的灯比哪房都亮，比任何时候都亮。不用爷爷发话，奶奶寻根针来，在头发上抿抿，抿得凌厉了，挑那灯芯，挑起一截来，灯光明显变亮，亮得简直奢侈。奶奶不忍心，用针尖往下压压，试图稍微压小一点儿。爷爷不依了，放下盖碗茶，说："哎哎哎，叫亮着，亮着，亮着好。"奶奶这才盖上灯罩，嘴里絮絮念叨着，似乎还是不忍心。

爷爷的房里有了明亮又特别的感觉。主要是这个灯架，把灯火擎起，高高在上，高高在上的灯火与寻常的灯火就不一样了，不寻常了。

尕师兄盯着灯火瞅，眼里流露出好奇。这灯罩是老辈人手里传下来的，看着就稀奇。灯架还给上了漆，漆得黄灿灿的，取下灯罩，灯架上摇曳的灯火，就像开在莲花心里的一朵花。奶奶把灯罩罩上了，尕师兄的目光情不自禁地惋惜了一下。他的目光还留恋着被灯罩罩去的那一点儿灯火。爷爷开口了："尕娃，你看这个灯架做得咋样？"爷爷的口气和蔼得出奇。

"这灯架是你做的？"尕师兄上前一步，惊奇地问。他的脸被火光映着，一半明亮，另一半落着大片阴影。"呵呵，不是我做的，还能是谁？你尕娃可要好好学，比这难的都做得出来；你要是耍打溜手，三心二意，我就打折你的尕腿。"爷爷的口气忽然严厉起来。

满屋子人哗啦啦笑起来。尕师兄也笑了，脸庞红红的。第二天，尕师兄就跟上爷爷学木工了。这时爷爷做的是一个柜子，尕师兄跟在身后，他的木匠生涯正式开始。

我照样给爷爷按木头。我干这活计好几年了，从穿上有裆的裤子就开始了。爷爷做木活儿，改下的板，条条框框之类，上了胶，得在日头底下晒一晒，晒的时候就得有一个人在旁边扶着木头，这样它们不至于跌倒散架。爷爷做家具一般不用钉子钉，上过胶，看看干得差不多就合卯。该用钉子的地方，用的是削得尖细的木钉，蘸上胶，打进去，等干好，比真正的铁钉子还牢实。铁钉耐不了年月，会生锈，木楔子不会生锈，除非年深日久，和家具一起烂掉。

胶熬在三脚架上的胶锅子里，底下用刨花碎木头烧，胶就熬得咕嘟咕嘟翻跟头。据爷爷说这是驴皮胶，驴皮胶透明中带着些微红，味道一点儿也不好闻。我最不喜欢闻到驴皮胶熬透时散发出的浓烈气味。

熬胶的活儿一般由爷爷亲自动手。这天，爷爷说："尕娃你去熬胶。"尕师兄就过来熬胶。他不知道怎么熬，爷爷没有教他，而是在一边推一块板子。我爷爷脾气古怪，话少，尤其干起活儿来，嘴巴会一直紧紧闭着，严肃得不得了。如果我们出门在外，被别人请去做木活儿，爷爷熬胶，恰好主人家的娃娃哭闹，掌柜女人怎么也哄不乖，爷爷冷不丁就开口说话了。他狠声说："再哭，再哭就拿驴皮胶糊上你的嘴。抱来，抱过来我给上胶！"那娃娃看一眼热气腾腾的胶锅子，马上就乖乖的了。我知道爷爷在说耍话，可我也怕那滚烫的胶水，老担心有一天爷爷不高兴了，会像粘木板那样把我的嘴巴也给牢牢粘上。

尕师兄过来一阵了，转悠着，弯腰倒腾。尝试一阵，又起身来。终于，他转脸看着我，脸上是祈求的神色。我明白他的意思，他在向我求救："这胶怎么熬？"是啊，没干过的人还真的摸不到门道。爷爷进屋去了。尕师兄帮我按住木头，我溜过去把胶锅子架上三脚架，放适量的胶块，倒上水，让尕师兄去烧，边烧边搅，熬出黏性就行了。尕师兄按我说的，拾一堆刨花，在三脚架下生起火。刨花都是从干燥的木板面上推下来的，一个个卷儿泛着光洁柔和的光，遇上火扑哗哗地燃烧，火苗蹿起来，火就“呵呵”地笑。

尕师兄成功地熬出他的第一锅子胶来。爷爷用到胶，过来看，用筷子搅搅，胶水不稀不稠，恰到好处。爷爷不作声，往木板上刷胶。几块木板粘到一块儿了，他才歇下，擦一把头发丛里渗出的汗，说：“尕娃不是吃糊糊饭长大的，摸得着门道。这几天，先把那一箱子家当认认，看都叫个啥，干啥用的，你先记下了。”

当然还得我教。尕师兄这人真个心灵着哩，他看出我懂得这些。谁叫我自小生长在这个家里，听着爷爷叮叮当当敲打各种木头的声音，听了一年又一年，才渐渐长大。拉锯发出的沙沙声，钻空时钻子上的皮绳拉得吱呀吱呀响，推木板时，推刨下的刨花儿咻咻地像一个个大泡泡从娃娃的口里吐出来，这一切，我是那么熟悉。对着一堆木头，一堆改成的板子，不用爷爷说，我就能大略猜出他要做什么家具，包括形状、高低等。

尕师兄拿着一件家当来问我，他脸上带着难为情，他一定觉得向我讨教是件很不光彩的事。他比我大着好几岁，在他的眼里，我只是个连鼻涕也擦不干净、拖着短辫子的黄毛丫头，我的碎巴巴就不屑于向我讨教什么。

尕师兄闷头举起了一件家伙。“斧头。”我说。我已经按着木头站了好几个小时，双腿麻木，身子僵硬。长久不说话，连吐出的气息感觉也是僵硬的。

尕师兄举起的是一柄板斧。爷爷一共有大小三把斧头。最大的，砍粗大的木头。中不溜儿那把宽刃，极为锋利，经常用，是用得最频繁最顺手的一把。另外一把小巧得有些玲珑，不常用，只在做一些细巧精致活计，比如女人的粉盒啊、梳妆台啊、木梳子啊一类时才用。尕师兄拿起的是那把中型斧头，斧刃白晃晃，泛着森冷的光。他吹吹利刃，伸指头探试刃口。太快，差点儿伤到他的手。看着他抽手吸冷气的举动，我偷着笑。他这么外行，伸着指头就去试刃口，没伤到皮肉还算他眼明手快呢。爷爷试斧刃的法子简单安全，拔一根头发，往刃口上吹，发丝迎风就断，说明刃口锋利，可以使唤，这叫吹毛利刃。

尕师兄他不知道这些。他吹吹自己差点儿受伤的指头，抡起斧头，做出砍的姿势，当空砍了几下，样子像碎巴巴小人书上那个叫李逵的粗汉子，他抡板斧的情景与这差不多。我忍不住笑，做木活儿可不是杀人，抡圆了就砍。爷爷使唤斧头，抡得不高，力道都是藏在轻轻一掷之中的。落点准、狠，一斧有一斧的效果。做木活儿，有时候用大力气，可以粗枝大叶地进行，有时又讲求分毫不能差错的精准。这个完全未入门的尕师兄，要学会那么大的技能，恐怕得费一番力气了。

记得刚开始练习按木头，我可流了不少眼泪。眼泪汪汪地扶着几片木板在烈日下烤晒。我不止一次想过，如果爷爷将大刷子一刷，往我头上身上涂一层胶，等木板上的胶晒好，我自己肯定也会被晒得成了胶人，变成一块流着胶水的板子。爷爷见不得眼泪，冲我吼：“按一阵木头，有那么苦吗？尿水子淌，淌了顶啥用哩？”硬生生把我的眼泪给吼回去。

万事开头难。我静观尕师兄的这个开头，他和我不一样，他是来学艺，掌握本事的，我是个女子，长大了不当木匠，只是爷爷手下缺人，需要个打杂帮忙的，就叫了我。木活儿上的行行道道，往深处去，我全然不懂，我只是掌握到一些粗浅学问，是皮毛，长期耳濡目染无意中学来的。爷爷没有刻意要求我学会这些，他只要我给他老人家把木头按得稳稳当当的就可以了。

尕师兄将三把斧头都拿出木箱，对比着观察。斧头他是认得的，这里的人没有认不出一把斧头的，这家具日常用。看过斧头，他又拿出凿子，也是三把，大小不同，刃口宽度不一。

“凿子。”我忍不住说。“凿子。”尕师兄重复。接着是锯子，长锯、短锯。钻子，大的、小的。钉锤、墨斗、吊线葫芦、尺子。尺子中有直尺、卷尺、三角尺。钳子、推刨。如果尕师兄是个变戏法的，爷爷的这个大木箱就是个神奇的魔盒子。一阵工夫，尕师兄取出一大摊子家当。刨的、钉的、挖的、凿的、量的，各式各样，种类繁多。尕师兄惊奇得手在发抖。其实更长的锯子和平钉，由于大，箱子里没法放置，立在外面。还有板凳，一大一小两条，也是做木活儿必须用到的家具。它们出门走远路没法带，放在家里。到了别人家，爷爷首先要求掌柜的去借板凳，盖房的话还得用到梯架。

尕师兄利用半天时间，将家当的名称记了个差不多。这其实不难，难的是学会使唤它们。当木匠，做一辈子木活儿，其实就是一辈子学习使唤这些家当。高明的匠人，正是利用这些普通的家当，做出世上好看的木器。

爷爷带着尕师兄正式学艺了。教他拉大锯，对付的是一根粗壮圆木。爷爷打上墨线，大锯就要照着墨线往下锯。锯齿按上木头，爷爷一头，尕师兄一头，握着锯子，一扯一送，拉锯声响起来了。一来一去，一轻一重，噌噌——沙沙沙沙——噌噌——沙沙……

噌噌的声音是锯齿在噬咬木头，沙沙的是锯末落地的响声。拉大锯最辛苦，爷爷上了岁数，拉一阵就气喘，等坚持改完一根木头，爷爷坐在木头上缓。看尕师兄，低头搓手心，想必手心里已经磨出了泡，人倒没显出怎么累。爷爷乐了，说：“你这尕娃子，身体不错嘛。”尕师兄露出笑来。缓一缓，接着干。一天下来，尕师兄手心里的泡有杏核大了，连成片。端饭时，疼得他忍不住“哎呀”了一声，把端饭的姑姑吓了一跳。看见尕师兄把手缩到背后去了，死活不让人看他的伤。

“性子倒硬！”洗锅灶时，姑姑给我母亲说起尕师兄。

“刚做木活儿，头一天，做的是重活儿，他一个娃娃家，吃火不住。”我母亲随口说。

“就是，大这是老糊涂了，心毒！他还是个娃娃嘛。”姑姑把一摞碗摞在锅项里，口气愤愤的，谁惹她生气了一样。

第二天，有人来请，爷爷当下就收拾出门。他背着大木箱，木箱里是做木活儿要用的全部家当。跟在身后扛大锯的，不再是我，换成了尕师兄。望着爷爷背上木箱，手里又拄着平钉行走的熟悉身影，尕师兄扛着大锯子，一颠一颠地跟上前去。我忽然感到了失落，莫名地伤感起来，那个扛大锯的人，一直是我，我扛了好多年，现在被另一个人代替了。我一直厌倦这活计，盼望及早长大，摆脱这无聊枯燥的活计。想不到告别的这一天，心里会酸酸的。

我的失落只是短时间的，过一阵子，我便高兴起来。毕竟自由了，再也不用担心会挨到爷爷的呵斥和大巴掌了。苦日子宣告结束，我与木活儿自此告别。从这以后，尕师兄跟着爷爷来来去去，不断出门，回家，回家，出门。没人请去，就在家里，做揽承在家里的活计。等到下一个主顾请，就到他们家里去，盖房、做门窗、打家具、做零碎，木工方面的活计，几乎样样都做。有时，一家做完，另一家等着请，就直接去了，不再回家来转转。去了就是一两个月。

头一回出去，等回来，已经过了二十七天。尕师兄怯怯弱弱害羞的模样我们几乎记不清了，他们总算回来了。依旧是尕师兄扛大锯。他见了我们抿着嘴角笑，但没有初次见面那么羞了。人瘦了一圈儿，脸也变得黑了，头发变长，贴着耳朵垂下来，像个留着短发的女子。爷爷说近来秋雨多，潮得厉害，他这个月不出门，也不做木活儿，缓一缓，好好缓一缓。果真就缓下了，不再敲敲打打与木头整日厮混了，早晚跪在炕上念经。爷爷放经的木桌儿是他特意给自己做的，支撑经本的木架子也是他做的，一律不上漆，裸露出木头的原色。念经时，能闻到厚厚的《古兰经》里散发出的纸页的清香，卫生香含着花香的味儿，还有木头散发出的淡淡的原木味道。

秋雨说来就来了，淅淅沥沥地下，各个房檐上滴滴答答落着房檐水。屋檐下摆满了盆盆罐罐，雨水滴答着，发出悠长的叮叮咚咚声。秋雨一下就是好多天，头顶的云压得很低，阴沉沉翻着跟头，一路向北或者向南奔跑。随着盆儿罐儿叮咚响，秋一天天走向深处，早晨起来穿单衣已经有冷意了。姑姑换上粉红的夹衫，在院子里洗衣裳。一家老少穿脏的上衣、裤子、鞋袜都得洗，各个屋里的被子褥子早该拆洗了，门帘窗帘也得洗洗。总之现在是一年中最适宜大洗的时节，农忙接近尾声，天气还没有真正变冷，最重要的是不用跑到沟底去担水。盛的雨水把盆盆罐罐都装满了，任你洗刷。姑姑的胳膊泡在水里，泡成了红得发亮的胡萝卜。她“呵呵”地洗，起劲地拧，哗哗地泼水。姑姑比去年又高了一些，胳腆圆嘟嘟的，她已经具备一个女子应该具备的全部美德了，勤快、麻利、节俭、孝顺老人、疼爱娃娃。她把我们几个的脏衣裳也抱去洗，我母亲积攒起来用以做鞋的一包破布，她也拿去洗了，为的是叫她那肚子高高挺起的嫂子缓缓。

洗了整整两天，直到第三天，才轮到洗她自己的。日头出来了，尕师兄也从高房子上下来，迟疑着，没有开口说话，脸先红了，在院子里期期艾艾的。姑姑扬起头看他："你不是这几天关上门一心钻研手艺吗，咋下来了？"

尕师兄一出屋，我们就都坐不住了，跑到院子里凑热闹。这几天，爷爷叫他整天待在高房屋里，关上门揣摩手艺方面的事，他果真就足不出户，可把我们的好奇心给勾出来了。偷偷去扒着门缝看，他正对着一堆家当思谋。用斧头削一块废木头，完了用推刨推。推刨总是打滑，木头一跳一跳的，不听他的使唤。一次我看见他发急，用肚子顶住木头，靠在炕沿上嘿嘿地推，推出的不是好看的刨花，是碎木渣——短得可怜的刨花。爷爷说过，别看这简单的木头刨花，要推得匀称好看，不是那么容易的事。果真不是容易的事，我偷着试过，刨刃在木头面上乱拱，怎么也不听使唤，弄不好会伤到手，或崩了刃口。好看匀称，成串成串吐出推刨口的洁白刨花，只有经验丰富、技艺高超、一辈子与木头打交道的人才推得出。尕师兄还在碎木渣的层面上徘徊，看来要成为一个真正的木匠，他还差得远。

我们在窗口向他招手，悄声说："出来耍吧，关在屋里憋死了。"

尕师兄放下工具，哑声道："师父干啥哩？"

"睡了。念经念乏了，这阵子睡得正香。"

尕师兄果然下了台阶，却不和我们耍，在水盆子边打转。他好像有话要对姑姑说，一时难以开口。姑姑不看他，咚咚地搓衣裳，水花乱溅。尕师兄回身上了高房子，抱下一堆他的脏衣裳来，在水盆边挽袖子，看来要洗衣裳了。姑姑不作声，冷眼看着，尕师兄的胳膊细长白嫩，不像儿子娃娃的，倒与姑姑的胳膊不相上下。他费力地搓洗，刚搓几下，哎呀一声，缩了手，伤到了手心。惊得姑姑抓起他的手查看，原来前些日子跟随爷爷外出，他配合爷爷拉大锯，手心里磨得满是泡，泡破了，结成痂，这痂还没死透，撞到就疼。

姑姑再也看不下去了，一甩手说："这个老不死的，把人往死里使唤哩。"拉起尕师兄说："你去包手，衣裳不要管了。"

姑姑顾不得水凉，一口气洗了尕师兄的衣裳，还跑到高房上去，把塞在圪塄的脏袜子脏鞋也找来洗了，洗完晾在铁绳上。尕师兄抬头看见铁绳上有他的一条蓝布裤衩，裆里烂着一个大洞，脸顿时红了。上前抓下，团成团，带回高房去了。一边晾衣裳的姑姑看见，没作声，脸悄悄变红。他们之间忽然有了一种外人没有的东西。我看着这一幕，觉得好奇，想去请教母亲，他们为啥莫名地脸红，转眼又将这事给忘了。

饭桌上多了个尕师兄，就分外热闹起来。爷爷奶奶父亲他们在上房里，在红木大桌子上吃饭。母亲端一碗在灶台前的木凳上慢慢吃，我们几个娃娃在一张白木方桌上吃。桌子小，大家你争我抢，想占个好一点儿的位置。其实我们吃不下多少，每顿饭的时间都花在争抢上了。我们的饭菜不是洋芋酸菜面就是洋芋炒的菜，味道一般，千篇一律，没啥新鲜劲儿。可我们总在争，你挤我推，吵吵嚷嚷，似乎这样一来，饭菜就丰盛可口，吃着香喷喷的了。大人正是受不了我们的争吵，才和我们分开吃，图个清静。尕师兄不怎么和我们争，但他坐在一边，占一个桌子角儿，挑拨我们互相斗。我的几个妹子是最经不住挑逗的，用言语一激，就斗架的公鸡一样，互不相让，互相推挤，弄得洒了汤，倒了饭，尕师兄嘿嘿坏笑，看着像个事外人。

这样我们一顿饭就吃很长时间，有时只顾吵闹，一碗饭端凉了，还没吃出碗底。尕师兄笑吟吟地看着我们争斗，姑姑在厨房门槛上坐着吃饭，目光不时被我们吸引，看看尕师兄喝完最后一口汤，她过来接过碗，再去舀一碗。姐姐喊："也给我舀一碗。"姑姑不理，说："你又没缺胳膊少腿，个家舀去。"

娃娃堆里，只有尕师兄一个人能享受到被姑姑伺候的殊遇。二巴巴的娃娃不服，说："姑姑偏心，心里向着有些人哩。"姑姑立时急了，啐一口那个黑脸娃娃，尕师兄也扬了扬手里的筷子，威胁说再胡说就打烂他的嘴。他的竹筷子当然没落下，大家都笑哈哈的，尕师兄生气的嘴脸也叫人看着亲切。

秋雨终于落出了头。凉爽的风吹过，人身上有了砭骨的寒意。早晨起来可以看见满山洼落得白森森的凌霜。深秋看看走过，初冬悄然走近。爷爷收拾家当，又出门了。有的人家赶在入冬前要结尾的活计，必须加紧工夫赶完，时令是不等人的。尕师兄养好了手心的伤疤，跟上出发了。送他们一老一少出门，大家才发现尕师兄扛大锯的手上多了一副手套——姑姑编制的。怪不得近来她总在灯下熬夜，用羊毛捻线，捻出来织成手套。母亲问她："给谁织呢？"姑姑说："我个人家的。"我们也不在意。想不到这手套在尕师兄手上出现了。母亲看一眼身后的姑姑，笑笑的，说："还真个可怜啊，我们两个合起来，给他做两双鞋子，你没意见吧？我做帮子，你纳底子。"姑姑明白嫂子所指的人是谁，脸倏地红了，却认真点了头。这段日子的相处，我们已经和尕师兄混得十分熟稔了。他喜欢扯住我的羊角辫往后拉，边拉边喊："嘚儿——驾！嘚儿——驾！"意思是他扯住了毛驴的尾巴。弄得我哭笑不得，可没法对他厌恶起来，连气也生不出来。

尕师兄这一走，我们会想他。姑姑和母亲动手做鞋了。我们这里的女人，每个冬天都要做针线活儿。针线活儿里鞋子占着重头，必不可少。老人、娃娃、男人、女人，一年四季劳作，离不开手做的布鞋。街上当然有卖的鞋，很洋气的那种，样式好看，可不中用，不耐穿。山里人，老农民，上山爬沟，耕种碾打，离不开手做的鞋，布鞋实用。我母亲和姑姑两人打糨子，打袼褙子，花花绿绿的破布打起来的袼褙子贴满了向阳的墙面。等到袼褙子干好，干透，剥下来照着鞋样子裁剪。一沓沓、一摞摞地，裁剪出来，男女老少的都有。给尕师兄准备了三双，依照爷爷的鞋数做的。爷爷一年做木活儿，得三双鞋子。尕师兄也当匠人，三双只怕有少没多。

姑姑学习纳鞋底了。之前，她纳的是娃娃的碎底子，大人的还没尝试过。现在试，一上手就是大人的。姑姑怕做不好人家嫌弃，就费心地做着。尕师兄个头儿不高，一双脚板却大，比碎巴巴的还大。纳鞋底子防不住就被针屁股扎了手，疼得姑姑咝咝吸冷气。母亲斜靠在被子上，绲鞋边。她的大肚子高高凸起，像倒扣了一口尖底子锅，她舒一口长气，说："能穿上我家妹子的第一双鞋，肯定是个有福气的男人。尕子这娃做了好睡梦呀。"说完瞅住姑姑笑。笑得姑姑不自在起来，扭捏着说："不做了，不做了，这鞋我不做了。"

母亲哈哈笑，拾起鞋子塞进她手里，拍拍姑姑的肩，说：“人都是打女子时节走过的，在嫂子跟前有啥害臊的。”

从这以后，姑姑的神情总扭扭捏捏的，像是心里的某个地方发虚，捏着鞋子，纳一阵，开始走神。回过神，再纳。

大风在屋外呼呼刮，风里夹带着雪末子。寒冬来临了。顶着风雪，爷爷归来了。木箱上落满了雪，身后的尕师兄同样是一头两肩的雪。两个人进屋说冻死了，冻死了，脱鞋爬上炕。

爷爷一年外出干活儿的日子宣告结束，回家来了。回到家里，却并不能真正清闲。乘这冬闲的大好时光，大家要领媳妇儿、嫁女儿，就请爷爷给做嫁妆，木柜木箱茶几椅子一类的嫁妆。早些年爷爷会到他们家里去，人家专门腾一间房子给他做木活儿用。现在爷爷上了年纪，贪恋家里的一坨热炕，冬天不轻易出门，要求对方将木料拉上门来，他就在我们家里做，家具做成了主家再来拉去。天气晴朗，就有人拉着木料上门来。爷爷把一间旧房子当作木工房，接下活儿，就整天在木工房里忙活，尕师兄也就跟着忙。半年过去，这尕子师兄长高了一大截，脸变瘦了，两颊泛着油光，他已经掌握了一些粗浅技艺。帮爷爷干活儿，改板子、打线、推木板、凿眼儿、削楔子、刷漆，这些活计他干得头头是道。不等爷爷发话，就能及早配合着爷爷往下干。爷爷高兴，就及时讲解更深一层的要领，有时还把住他的手教导。饭桌上，爷爷捋着胡子，说："尕娃是个灵醒人，眼明手快，只要再能吃苦就好了。"

这一点尕师兄却难以达到爷爷的期望。尕师兄是个性急的人，干啥都有些毛躁，不往更深处沉浸。他早能推出一串一串洁白的刨花，干活儿的姿势俨然是个老练的木匠。可是爷爷说了，木面刨得不够光滑，用手心摸过就能知道。爷爷刨过的板面，光滑中带着一种柔和的润泽，好像木头也有了灵性，干燥中浮上一丝丝温热的水意。尕师兄刨出的板面，当然也光洁好看，可手心所过之处，干燥、粗粝，少着那种贴近肌肤的舒适。爷爷一再说："耐心，耐心，木匠这活儿，该粗处可以粗，可细致处比女人绣花还要细致，这细致就靠十二分的耐心才能琢磨出来，没有耐心怎么行哩。做出的家具至多是木头堆起的废物。真正的家具，是有模样有灵性的，是和人日夜相守心息相通的，得花上一番心血去做，才做得出来。"

爷爷的话听起来有些玄，其实是一辈子与木头打交道，投入心血，碰撞出的含着木头馨香的智慧碎片。尕师兄听得愣愣的，一颗心浮在水面上，飘忽忽的，似乎明白了，仔细思量还是不明白。尕师兄脸上就有了难以言说的焦灼，可能现在才真正看清木匠这碗饭确实不好吃。

爷爷看在眼底，不动声色，耐下心继续教导，启发，引导，讲解，传授，恨不能想尽法子。看爷爷的样子，要把毕生的经验心得全传给这关门弟子。

尕师兄整天苦巴巴地干活儿，和一个不苟言笑的爷爷、一堆堆不通言语的木头打交道，只有在和我们一起吃饭时，才能开怀笑上一阵。姑姑叫他进屋去试鞋，新鞋做成了。一起试鞋的还有碎巴巴。碎巴巴学校放假，回来了整天把自己关在高房子里，复习功课。他现在和尕师兄钻一个被窝，晚上可以听见两个男娃娃偶尔发出的说笑声。两个人关系融洽起来，有些话随便张口就说。碎巴巴发现一样的新鞋，拿给尕师兄的那双鞋里多了一双鲜艳的绣花鞋垫，一看就是姑姑做的。还有谁能耐下心，一针一线绣鞋垫呢？碎巴巴早就向姑姑讨要过鞋垫，姑姑答应等他考上大学就给他做一双。离考大学的日子还很遥远，想不到有人先他一步得到了鞋垫。碎巴巴看一眼姑姑，半天憋出一口气，说："你不是我亲姐！"说完就跑上高房去了，弄得一地人摸不着头脑，倒是姑姑一个人慢慢红了脸。

碎巴巴用上向往已久的绣花鞋垫时，是四年以后了。四年时间，他已经长成了半大小伙子。个子瘦高，大得有点儿突儿的脑袋，脚手也分外长，光洁的下巴下忽然冒出一层绒毛，黑乎乎的，他像个男人了，已经不在意花鞋垫了。有与没有，他好像没有再做计较。同样长高的，还有尕师兄。尕师兄的胡子远比碎巴巴凶，布满了下颌，连脸颊上也有了。碎巴巴喜欢一个人躲在屋里看书，见人羞答答的，爷爷说书把人念得没出息了，硬把个儿子娃念得像大姑娘。尕师兄喜欢和人攀谈，家长里短，谈个不停，显得稳重、老练。他的手艺日见精进，能独自一人做出一般的柜子、木箱之类。新近连门窗、架子车也会做了，与爷爷手底出的活儿差别不大。按过去爷爷带徒的经历，尕师兄该出师了。爷爷迟迟不吐话，说等把自己压箱底子的手艺掏完了，再叫他走。

爷爷六十好几了，不可能再收徒弟，尕师兄是关门弟子无疑。尕师兄也具有关门弟子应具备的好品质，谦逊、机灵，心眼儿活泛，待人一团和气，心底看来是端正的。爷爷捋着已经花白的胡子，满意。也有不如意的地方，他说过："这娃娃，我总觉得欠缺点儿啥。想来想去，想必是灵醒中欠着一股子憨实劲儿。历练这么多年，他还是心浮气躁。"爷爷叹息："看来一个人性子中生来的东西不是容易改变的，不具备的也难以强求。"爷爷明白自己的期望过高，要求过于苛刻了。以实际论，尕师兄是他带过的弟子中最有灵性最具天赋的一个。与那些弟子比，如今的尕子，他算个大木匠了。爷爷在拿他和自己比。少年时候的爷爷，拼着一股狠劲儿和耐心，还有罕见的天赋，成为远近闻名的马木匠。爷爷拿自己的经历要求他人，难免要失望。

尕师兄勤勤恳恳做着活儿。他肩上有了肌肉，微微向外突出，狭长英俊的脸膛，显示着他的年轻和力量。他完全扛起了爷爷曾经挑着的担子。不知什么时候起，出门的两人中，背箱子的是尕师兄，扛大锯的换成了爷爷。到了木活儿面前，尕师兄出大力，扛重头，爷爷干些细致的技术含量高的活计。

人们喊爷爷马木匠的同时，开始把尕师兄叫作尕木匠。尕木匠当然不姓尕，大家只是听爷爷喊他尕娃，就跟着喊成了尕木匠。

这年冬天，尕师兄开始学习打梳妆柜。梳妆柜是爷爷手艺中的一项绝活儿。爷爷变着法子设计柜的样式，就打出各式各样的梳妆柜，带抽匣的、带门箱的，带的镜子有桃形的、圆形的、方形的，柜面上精心设置出安放粉盒的小抽匣，放梳子、篦子的小台子，放香胰子的镂空木格子。反正女人家梳洗用到的家具，哪儿放置，如何安放，他都一一考虑周全，并做出来了，做得玲珑精巧，惹人喜爱。梳妆柜成为我们村庄附近女儿出嫁必不可少的嫁妆，再穷的人家也要设法为女儿置办这样家具。在这方圆，除了爷爷，没有人会打这么漂亮的梳妆柜，爷爷带出的徒弟中也有人学着打，全是看着爷爷的作品进行仿造，样式是仿去了，那神韵，那感觉，那女儿般水灵细巧之处的感觉，却无论如何仿造不出。小小一方梳妆柜，其实蕴含着爷爷一代大木匠最精绝的手艺技巧。爷爷给他的弟子传授所有的手艺，就是不教梳妆柜的打法，他留了一手。教会徒弟，饿死师父。爷爷忠厚的同时，还是存了些私心的。

六十七岁这年，爷爷把不传的手艺传给一个人，正是尕师兄。爷爷和尕师兄做梳妆柜，爷爷做一个，尕师兄做一个，同时进行。改板子，用大锯把木板锯成薄块子，再打线，改成更细巧的板，各式各样，方的、圆的、长的、短的、三角的，薄厚不等，长短不一。接着用推刨推，推出光滑润泽的板面。打线，凿眼，做楔子，刷胶，合卯，组装，不多日子，两个柜子同时套起来，立在地上。柜子上没用一根钉子，全用木楔，合起来严丝合缝，滴水不漏，结实耐用。两个形状一样的柜子，立起来，上漆，淡红色的漆，一遍遍刷，逐渐隐去木头的原色，深红的梳妆柜出现在大家眼前。但见模样灵巧，颜色大方，柜的前面有一个大“喜”字，精心雕刻而出的。抽匣上安装上翠绿的花形手把，等镜框里装上桃形镜子，整个柜子会更加惹人喜爱。

粗略看去，两个柜子确实一模一样，没有差别。可仔细打量，就会发现差别还是有的。尤其是我家的人，长期耳濡目染，对家具的行行道道多少懂得一些。从这两件相同的家具上看到了不一样，也明白这正是尕师兄和爷爷的差距。给人感觉，这柜子打爷爷手底出来，是个娇柔的害羞的女子，快要嫁人了，眉眼神情间流露的，全是娇羞与痴憨。这是外形。外形之下，是端庄稳重的骨架。线条流畅自然，组合简洁有力，均匀的清漆下，木头的纹理一条条盘旋游走，这天然的纹线，简直就是雕琢而出的花形。可是，又有谁的手能做出这么朴素自然的花纹？爷爷也不能的，爷爷只是巧妙地利用了自然的造化。一团柔和的气息扑面而来，幽幽地散发，叫人不禁想到待嫁的女儿家，离家之际，坐在梳妆台前幽幽地梳妆，眉目神态间满含淡淡的忧伤。

旁边不远处，是尕师兄打出的柜子。这柜子，身形、骨架都有，组合得无可挑剔。可是，用心打量，我们发现少着什么，始终欠一样东西。如果爷爷的柜子是将要出闺的大姐，尕师兄这柜子就是陪在姐姐身畔的傻妹子。身形姿态尚显僵硬生涩，还不懂得女儿怀春时天然流露的那一段娇羞韵致，漆也上得不匀。

我们从爷爷的眼神里看到了失望。他口里说着："不要紧，不要紧，慢慢来，以后做多了自然就会做好。"心里的失望还是看得出来的。仿形不仿神，他这尕弟子犯的正是他所担忧的地方。他暗自叹气，提醒自己，毕竟，他不是年轻时节的自己。那样的少年，那样的悟性，不会再出现了。

做完梳妆台，爷爷又做了一个五斗橱、一个大衣柜、一个炕柜、两把靠背椅子、一个圆形的脸盘架、一个小巧的茶几。这一整套家具，是做给姑姑的，当嫁妆陪出去。姑姑有婆家了，媒婆上门一提，爷爷听说是温塘的老马阿訇家，没多犹豫就答应了。那个人家，爷爷去做过木活儿，家底儿厚实，富裕。女婿娃实在，靠得住。不用征求他人的意见，爷爷一口就把事情定下了。紧接着就是定亲，送彩礼，准备迎娶。

马家只有一个儿，是独苗，老马阿訇抱孙子心切，不想亲事拖延，定亲的时节就一起把迎娶的日子定下来了。定亲这天，女婿娃来了，小伙子果然一表人才，走有走相，站有站样，全身上下收拾得精干利索。全家人看得啧啧赞叹。姑姑一开始不情愿，一个人躲在偏房里闷闷不乐，从窗缝里望见了人，慢慢才有了笑意。我们的新姑父，相信哪个女子见了都会怦然心动的。

农历腊月二十六，一个晴朗的日子，我家宰倒了一头大犍牛，大办宴席，风风光光把爷爷最小的女子嫁出门去。迎亲队伍拉去的一套家具，看得人们眼羡不已，马木匠是倾了这辈子的心血，精心为女儿打造的家具，能不引人注目吗？

尕师兄正式开始给人打梳妆柜了。爷爷宣告结束自己的木匠生涯，他说："今后扇子湾只有尕木匠，没有马木匠。"爷爷还真这样做了。此后再不插手木工活儿，任尕师兄一个人设计、安排、定主意，爷爷只在尕师兄实在拿不定主意的关头，帮着谋划谋划，出出点子，最终定主意的还是尕师兄。

尕师兄长高了不少。他的脾性在慢慢地改变，变得寡言少语了，爱沉思，没事会一个人对着木头走神。在屋里干活儿时，他经常脱下外衣，穿着里面的毛衣，那是姑姑用羊毛织的。毛衣领口开得低，看得见脖子和脖子那里的骨头，嶙峋的骨架凸显出来，一抽一抽地动，好像他说话干活儿的劲儿都是从脖子那里鼓出来的。他瘦削的脸，在窗外院子里余雪的微光映照下，那脸越加白，只是粗了些，夏天的毒日头烤晒了一年，就是不见黑，倒白得苍凉了。

姐姐推开一扇门，身子却不进来，只从门缝探进半个头，眼光溜溜地转，她要看我们在干什么。我坐在一边默不出声，看尕师兄推一个木板子，那是用来做梳妆柜柜面的。庄里又有女子要嫁人了，尕师兄在为她们做心爱的梳妆柜。他身子一拱一拱，双手用力，刨刨，伸手摸摸，再刨，总是难以满意。当作嫁妆的梳妆柜，是我们山里女子嫁妆中最奢华的一件，主家要求得苛刻，木匠自己也做得认真投入。可终究是家具、摆设，只要尽了本事就说得过去了。爷爷打梳妆柜的时候，那神态，那动作，与做其他家具没什么差别，刨、凿、刻、雕，常见的程序，常见的动作，只是木头的组合方式不同而已。

尕师兄偏偏钻起牛角尖来，对着几块木头，动不动就发呆、沉思，把边边角角全思谋到了才着手做工。他的行动始终迟疑缓慢，很是小心，似乎木头是有生命的，一个不慎，就会把它破坏了，再也难以补救。得花上心思，一点儿一点儿地留心谋划、安排，不让每一片木头糟蹋、作废。爷爷看了，说这娃心思细，这点比我强。

尕师兄一心敲打他的木头。碎巴巴放学回来，还和他住高房子。两个人间的话莫名地就少了，总见一个抱着书看，另一个对着木头琢磨。

有一天，尕师兄在洗衣裳。脏的衣裤、袜子、裤衩、被褥，泡了一大盆。我们这才记起这些年里他一直没有给自己洗过衣裳。姑姑一走，他享有的殊遇全部消失，他这是重新回到刚来的时候的状况。吃饭时节，他不会再坐着等人伺候，亲自到厨房里去端饭，端上也不愿去上房的大桌子上吃，随便找个地方，门槛、炕沿，哪儿顺便蹲哪儿，蹲下噗噜噜往嘴里刨，连咸菜也不夹一筷子。姑姑在的日子里前后伺候，弄得他给人始终是亲戚的感觉，现在好了，他跟我们家任何一口人一样，真正成为我们中的一员。原本我想接替姑姑，继续给他端汤送水。我是个女子，在我们很小的时候，大人就教导我们学习做家务、伺候人。我已经在伺候房里的爷爷奶奶他们了。

可是，尕师兄他忽然端起了架子。他不再和我们同一桌吃饭，板着脸，自己进厨房去吃，还老半天不吭声，黑着脸，好像我们都惹他了。

姐姐说不要理他，他又不是谁的爷，凭啥我们伺候他？姐姐从一开始就反感这个人，印象中，自打他进了我们的门，姐姐就没对他露过笑脸。姑姑嫁走，姐姐肩上的担子骤然重了，她系上围裙，跟着母亲上锅灶做饭了。发黄的毛辫子也梳洗得滑溜溜的，辫子梢儿上还飘了两朵红纱纱，那是姑姑临走送的。这红纱纱在姑姑的身后飘了好长日子，随着她一对长辫子的摆动，姑姑身后就像随了两只灵巧的蝴蝶，不时翩翩起舞，姑姑的身影顿时柔和美好了许多。我和姐姐早就梦想拥有这样的纱纱了。娶亲的女人把姑姑细长的辫子盘起来，姑姑就把这纱纱送给在旁边守候的姐姐。姑姑自此就是女人了，再也不能吊着辫子，要戴盖头或者帽子的。

姐姐学姑姑的样子，让红纱纱飘在脑后。姐姐还臭美地昂着头，似乎这样她就成了姑姑，像姑姑一样的美，一样的飘逸。姐姐鸡毛一样的黄头发其实一点儿也不好看。她甩着一对辫子，在锅灶前舀饭，凌厉的目光看过来，看出我的意图，说："叫尕子自家端，他不是谁的爷！"

我便缩回手。从这以后就见每顿饭，尕师兄亲自上灶端，姐姐舀饭，舀满一碗，待理不理地放在一边，尕师兄再上前端。两个人就像前世的仇人、冤家。

姐姐这女子的脾气是一天比一天大，连我和尕师兄一起说笑她也看不惯了，动不动瞪着眼训我。直到有一天，我在尕师兄脚底的碎木渣里寻杏木方块，她从窗口望见了，做饭时她向母亲告状，说："妈你得管管，你二女子没羞没耻，这么大的人，跟个男人一起混，旁人见了不笑话死才怪哩。"

母亲听得有些动心，跟着训起我来。姐姐趁机说出一大堆话，说："尕子也不是好东西，跟我碎巴巴一样大的人，咋就不见我碎巴巴跟女子娃黏糊，多没出息。"

母亲低头用心看姐姐，再看我，姐姐系了围裙的胸脯圆鼓鼓的，她说话的语气神态，分明是个已经长大的女子。母亲好像被这一发现给怔住了，慢慢想着。洋芋菜炒进油锅里，吱啦啦响，姐姐拧身拿铁铲翻炒，动作麻利地放上盐，撒进调料，一股香味顿时扑鼻。尕师兄在门口向我招手，面带喜色。我扔下烧火棍蹦出门，跟他进了木工房。

“看看，就是你一直想寻到的吗？”尕师兄的手心里握着一块木头。四四方方的一块，表面刨得剔透油亮，闪着深红的光泽，正是杏木。我一直寻找，要用来做灯座的杏木。

“给我的？”我摸着木头问。尕师兄点头。“还是前几天到马义元家做案板锯下的，晓得你想要，就专门锯成个四方的墩儿。”尕师兄说。“那你咋不早说，藏了这么多天？”我边发问，边找来自己收藏的一抽匣木头块子。都是杏木，长的、短的、薄的板儿、厚的墩儿。为爷爷按了这么多年木头，我也多少懂得些用木的常识，捡拾的这些边角料，几乎都能用来做灯架。可就缺一个底座，美观又大方的那种大块木料。尕师兄这块正好补上这个缺，这下齐全了。

我心里兴奋得就要飞起来。姐姐刚才那些冷言冷语造成的不快，全抛到脑后去了，急忙摆弄木块，给尕师兄比画：“看看，这块刚好做底座，中间按得下拧成花形的钢丝，这是灯托，刻莲花刚合适。”

木料终于准备齐全了，不等我开口央求，尕师兄马上叮叮当当动手就做。拿推刨反复推木面，光滑得都能流出油来。

他又用凿子打眼，一点儿一点儿地凿，一点儿一点儿地刻。我建议端来爷爷的灯架，叫他参照着做。尕师兄阻止我，说："不要声张，你姐看见会笑话的，说我没本事。"

想想也是，这几年的时光里，尕师兄对着那灯架看过无数次，灯架的形状、结构、支架、花形、纹理，早该烂熟于心了。还叫他盯着原物仿造，不是有些掉价吗？尕师兄他已经是小有名气的匠人了。

尕师兄接手做灯架，这叫我高兴又担心。高兴的是不用再去央求爷爷，担心的是，万一做出来，不及爷爷的手艺，可咋办。还有，灯架归谁所有呢？要是他把灯架留给自己，我可不是白白忙活了？

又有几个女子要嫁人，尕师兄新接了活儿，梳妆柜、五斗橱、北京柜、写字台、新近流行起的大衣柜，女子家梦想着自己的嫁妆能将这几样给占全，娘老子也想给女儿陪得体面些，尕师兄便一直忙着，我去看，他在改板子。再去看，他对着几片木头比画，考虑简洁又省料的最佳组合角度，就是不见他做灯架。毕竟是小活儿，我又不付工钱，我不敢一再去烦他，还得等到忙出这个冬，有空闲，腾得出手来，再催促他。

爷爷倒是闲着，一天做五番乃麻子，闲了念经，念累了，下炕来到木工房走走，看看尕师兄干活儿的进度。看有不恰当的地方，适时指点几句。他还是喜欢尕师兄的，只是担心他的身子，不时喊奶奶给尕师兄多煮几个鸡蛋吃吃。我去木工房，就能不时享用到尕师兄慷慨分给我的鸡蛋。尕师兄他长得越发高大，腰身长，双腿也长，细瘦，可能因为长期弯腰做木活儿，他的背有点儿驼。爷爷说："这娃，咋光吃五谷不长肉哩？身子单得能叫大风刮跑，可不及德山兄弟。"说起德山兄弟，爷爷的脸色凝重下来。

有人上门为姐姐提亲。爷爷陪媒人喝盖碗茶，吃过一顿姐姐擀的长面，爷爷告诉媒人："回去给男方捎个话，他们的家底、人才，都没的挑，可我这孙女有婆家了，招上门女婿哩。"接下来他又用同样的话，打发了好几个媒人。

母亲沉不住气了，跟奶奶嘀咕，说："老汉到底啥心思，我女子啥时要招亲了？招谁？我这当妈的咋就一点儿也不晓得？云里雾里的，都把人搅糊涂了。"

母亲她其实一点儿也不糊涂，她一开始就看出爷爷的用意。她私下跟父亲嚷嚷，说要给女子寻个家底儿好的人家。招亲，招个穷光蛋，一辈子咋过哩。父亲说："你小声些，他爷看准的人，错不了。这娃是咱看着长大的，实诚着哩。"

"那身子，是扛得起重活儿的料吗？你想把女子害一辈子？"母亲的声音陡然升高，几乎要哭出声来。我听得一团迷雾，心里却隐隐想到了一个人。半夜醒来，慢慢回想白天的事，越想越觉得正是他。这想法叫我难过，觉得世上的事还从来没有这样叫人费神过。姐姐在旁边睡着，鼾声轻轻的，柔和温润，像悄悄吹过枕边的细风。这女子近年变化很大，辫子长了，五官也耐看多了，是个清秀的女子。锅灶上、田地里都是一把好手，怪不得说媒的就要踏断我家的门槛了。

这么俊秀的女子，又能吃苦耐劳，她配尕师兄，完全配得上。我就在脑子里把他们两个往一起拉，叫并肩站在那儿，我发现他们真的很般配。这个发现叫我心里充满了难过，苦涩的水在慢慢流淌。我和姐姐是没法比的。她是身段柔软的五月柳条，我好比那皮糙肉厚的榆树桩子。她已经很具备一个待嫁女子的条件了，有自己的主见，会看脸色行事，家里家外啥活儿都难不倒她。而我，永远是个毛着头发的邋遢女子，成天就晓得耍，还喜欢和男娃娃混在一起，拿母亲的话讲就是“没有一点儿女子娃的模样”。

我拿什么和姐姐比？在尕师兄眼里，谁才是真正的女子？他可能早就把我当作一个到处乱疯的野小子。我们曾经无所顾忌地说笑，往死里贬低某个我们讨厌的人，品评庄里新娶的媳妇儿的容貌长相，一起把木工家具摆弄得叮叮当当，念索尔（纪念亡人或祈求平安）的时节我窜进厨房，爬到案板底下偷肉，和他躲在无人处狼吞虎咽。这些勾当，原本是我和碎巴巴一起干过的，这几年他忙于念书，还弄来个眼镜戴上，日渐成为一个文质彬彬的人。他早就不屑于和我们这些屁娃娃厮混。尕师兄填补了他的空缺。尕师兄这个人，表面上胆小善弱，实际是个很匪的娃娃，自他来后，爷爷上房檐前那窝燕子，就难以过上安稳日子。他乘人不备，拿根竹棍捣窝，踩梯架揪出小燕儿，看它腿子上拴着的马尾毛。燕子处境艰难，干脆搬了家。爷爷不知缘由，诧异说："燕子住得好好的，咋说搬就搬了哩？多年的老邻居，连声招呼也不打啊。"听他的口气，是在埋怨燕子的不辞而别。他怎么会梦想得到，赶走燕子的正是女子娃一样面善的尕师兄。

我要是个儿子娃就好了，就可以和尕师兄结拜，结成干兄弟，这样就可以永远在一起生活了。

以前，我从没为自己是个女子苦恼过。就算姐姐看不惯我和儿子娃厮混的样子，多次训斥，她的话我左耳进，右耳出，我是挨着木头长大的，我喜欢木头，没事的时候难道不可以摸摸木头，看看木头，和木头说说话吗？看木头的时候还可以和做木活儿的人在一起，堂而皇之地享受和他厮混的乐趣。大人没有留意我，有姐姐一朵花一样绽放在他们眼前，他们眼里就只有花，哪有多余的心思分到我这个黄毛丫头身上来。我还小，长相平凡，被他们大意是自然的。

这一夜我清楚地看清了自己的心事。我为这样的心事感到吃惊、害怕，还有些羞耻。这么多年，我一直活在混沌里，毫无心智，原来长时间的手足磕碰，耳鬓厮磨，一个高大的身影早就印在心头，嵌入得这么深，已经难以自拔。姐姐细巧温润的身子和我隔着被子睡了好多年，现在，我们就要为一个人而产生分歧、隔阂。以往有好吃的她总会让着我，尽管这忍让大半不是自愿，只是碍于大人的面子。

这一回，她还会让着她刁蛮的妹子吗？当年尕师兄和姑姑那么要好，两个人互相偷看的眼神很不一样，姑姑嫁走，尕师兄照旧过日子，只是脾性改了很多，变得蔫不拉唧的，话少了很多。姑姑由女婿陪着来转娘家，脸色红润，眉开眼笑，一切表明她过得顺心着哩。后来就有了娃娃，顺次生下三个。娃娃落到地上，就像春天破土而出的青苗，跟着风长，呼呼拔高。

起先，姑姑见了尕师兄还羞羞的，不敢正眼看他，可能觉得心里亏欠什么，还给尕师兄做过几双鞋子。后来娃娃多了，姑姑变成最普通的女人，看见尕师兄不再躲避，推着娃娃让喊“舅舅”，完了转过身子和我母亲说话，说的都是家长里短、鸡毛蒜皮的琐碎事。说家里日子紧巴，娃娃太多了，养得艰难，等等。看尕师兄的目光，和别的人没啥两样。

姑姑生下她的第四个娃娃的这个冬天，尕师兄的亲事如期举办。爷爷一心要补还他德山兄弟当年的情分，将喜事办得很隆重。宰了牛，邀请所有亲戚。德山的女人——当年那个送尕师兄来的女人——也被接来了，已经是头发花白的老奶奶了。见了姐姐模样，这女人满心欢喜，连连说这正是她想要的媳妇儿。

新房是这个夏天盖的，尕师兄亲自带人盖的，拆下当年的旧高房子，在原址上翻修了新的。碎巴巴师范学校毕业当了老师，他不会再回来住他的高房子。

新高房被拾掇得天堂一样，满满当当摆的全是新打的家具，给人打家具的小木匠，这一回花尽心血给自己打了回家具。红漆的大衣柜、黄漆的五斗橱、淡黄色的写字台、米黄色的高低柜。最招人眼馋的当然是梳妆柜，圆形台面，漆成金黄色，显得油光水润；大型镜子上贴着姐姐剪出的大红“喜”字；柜身上的好多小抽匣里，分别放着脂粉、梳子、香胰子、针线、簪子，都是新媳妇儿的叫人眼馋的物品。来客观看家具时，目光都被这妆台吸引，久久不愿离开，都说这柜子做得好。就有人提起当年爷爷给姑姑做的嫁妆，相比之下，似乎眼前的柜子胜过了当年的家具。这说明弟子的手艺超过了师父。

高兴的日子，大家都喜气洋洋的。尕师兄新刮了胡子，脸上白净、光润，气色也不错，高高兴兴地在院子里忙碌。这一天，作为新女婿，他在一个小伙子的陪同下，给满院子的亲戚来客作揖，说着问候语，他把满院子的人都问候到了。可能忙乱，也可能兴奋，竟给他的亲娘说了两回赛俩目。老奶奶拍着炕沿笑，说：“我的娃，高兴瓜了吧。”

厨房里给大厨抱柴烧火，一直低头忙碌的是我。新媳妇新女婿都是熟悉的人，我没有兴致跑到女子娃娃堆里厮混，像她们那样逗弄新媳妇去，也不愿在大众眼前晃悠。

灶膛里烧的是硬柴，硬柴就是木柴，我们家缺啥都不缺硬柴。木匠做木活儿剩下的边角木料多得是，堆满了木工房。灶台上安的是借来的巨大的铁锅，蒸笼里放着招待来客的席面。贺喜的人不断来，席面就不断往上端，八个人一席。流水的席面，就得以流水的速度做出来，火就得不停地烧。硬柴的火总是很旺，劲力大。我右手拉风匣，左手续柴，火一直没有减弱过。硬柴堆里有各种木料，不用凑到眼皮下仔细打量，抓在手里，从分量上、形状上、纹理上、木质上，我一一分辨出这是什么木头，什么树上长出的，多少年了。硬铮铮笔直的是白杨木，结实粗粝的是榆木，疏松无用的是臭椿。木柴发出的火焰也是不一样的，自小给爷爷打杂按木，后来跟尕师兄厮混，我早已是小半个木匠了。即使我做不出漂亮的家具，认木头的本事还是学了些。木头年轮轮旋的形状、纹理的走势、木质的好坏，等等，每样我都可说出个大概来。

可是，尕师兄他看不见我的长处，他没多犹豫就点头同意了爷爷的安排，娶姐姐做他的媳妇。这是一桩圆满的亲事，肯定也是幸福的亲事。原来姐姐是爱着尕师兄的，这些年里，她心里一直装着这个人。所以她总用冷言冷语伤他，激他，气他，为的是要他的目光也留意一回自己，看到她的存在，看到她身后的辫子上也飘着美丽的红纱纱。

姐姐成为世上最幸福的人了，我该为她高兴。

我抓起一块木头，居然沉甸甸的。心里莫名地沉了一下，是杏木。不错，果然是杏木，这些在木工房墙圪塄里堆放无数日子的废弃木料里，有一块四方形的紫红杏木，埋了不少日子，它居然光滑如初，色泽完好，是一块已经凿刻出花形的杏木。我慢慢回忆起一年前，尕师兄握着木头的笑脸，“我给咱们做和师父一模一样的灯架，你等着。”他说。

我就耐心等着。

被什么事绊住了呢？这事一拖再拖，以致叫我完全淡忘了。忘得很彻底。

我捏着这块杏木，想了很久，好像在哪儿见过。想起来了，它是灯架的灯托。

这个灯托，已经被尕师兄刻出了大形，五个花瓣绽放开来，花边交错搭牵的细微之处也看得清了。可是，距离真正的灯架，还差着那么一步。这一步，我们没有迈过去。

火苗猛然蹿高了一截子，呵呵笑着，扑向锅底，金色的火舌舔着锅底。火苗的末梢儿黄灿灿的，让人想到外面正在举办的喜事，正如这红红的火一样喜庆、热闹。

杏木就是耐火，投进去半天了，熊熊的火势还是不见弱下去。

蔫蛋马五

早些年里，马五是个穷光蛋。家里穷，看看马五都二十五奔二十六的人了，还娶不起媳妇。他老娘愁啊，头发早早就白了。这年冬天，一个傍黑，老娘到柴窑揽柴，窑里黑咕隆咚的，一摸，手底软乎乎的。老娘胆大，不管是人是鬼，硬生生往外头光亮处拖，拖出来竟是个年纪轻轻的小媳妇。小媳妇蓬头垢面，穿得破衣烂衫，显得胆小、羞怯，不敢抬头正眼看人。

马五娘是心软的人，硬是拉这媳妇到家里躲避风寒。

马五家穷寒、狭窄，只两间土房子，马五父母住一间，马五睡一间。家里添了生人，老娘吩咐丈夫去儿子屋里睡觉，自己和这小媳妇一个炕上睡。小媳妇也不嫌弃炕上铺盖的破烂，爬上炕，在炕沿边睡了，瘦弱的身子蜷缩成一团，尽量给马五娘让着地方。马五娘在昏暗的灯火里打量这媳妇，发现她人虽穿得破旧，眉目倒很周正，阔眉、大眼，细巧的嘴巴微微闭着，梦里也不敢大声出气。看来是个一贯饱尝贫苦和恶气的媳妇。

第二天，马五娘还没睡醒，这媳妇老早就爬出被窝，轻轻地扫了地下，填上炕，抱来一抱柴，洗过手脸，不等老奶奶动手，她硬是要替老人做饭。老人见她梳洗一番，显出干净和利索来。又见她是实心要帮自己，就笑吟吟地看她做饭。

这小媳妇真个麻利，叮叮当当一阵响，一顿饭做在锅里，清油炒葱花的味道香满了院子。马五娘拿出包袱，翻出两件自己年轻的时候穿过的旧衣裳，叫过小媳妇来穿。小媳妇也不推辞，含羞带笑地穿上了。那个时节的衣衫，上衣是大襟的，现在早不兴了。乞讨的小媳妇也不嫌弃，穿上，前后比照，显得很满意，望着马五娘的目光里就满是盈盈的谢意。

等马五父子进来吃饭，小媳妇早系上围裙，在锅台前忙碌。马五眼前顿时一亮，昨夜没有留意的这个不速之客，经过歇缓、梳洗，又换上了干净的衣裳，登时显出一个女人的味道来，再也看不出她是个要饭的。只有一双怯怯的眼睛，显着她心里难以消融的辛酸。

一个热热的浪头翻过马五的心头，他紧张得不行，一眼不敢看这女人，只是乘她舀饭时偷偷觑一眼那个背影，竟是个细巧修长的腰身，老娘的大襟衣穿上，一点儿也不显得古旧，反倒衬出她的柔美动人来。那排老式的盘花纽扣，一个挨一个，一路排下，勾勒出女人楚楚动人的腰身来。一面鼓就在马五心里敲，咚咚咚，咚咚咚，敲得马五心惊肉跳，身心摇曳。

吃过饭，这女人拾掇碗筷，麻利地刷洗，完了跟上老娘忙这忙那，进进出出的活计，样样拿得起放得下。冬天天气短，看看就要日落，这女人还没有走的意思，一连住了三天。第三天上，她拉住马五老娘的手，说愿意留下，哪儿也不愿去，一个女人家在外流浪，哪一天是个头哩，她要给马五娘当闺女。

马五娘哪儿缺闺女，倒实实在在缺一个媳妇。小媳妇看马五老实实在，就点了头。马五父子叫来会念经的清真寺经堂学员，当夜就给一双男女念了证婚词，成了一对夫妻。

新婚夜里，马五抚着女人身上青一块紫一块的伤痕，禁不住陪着她落泪，说："真个想不明白，世上会有这样的男人，舍得对媳妇下这么重的毒手。"他抹一把媳妇的泪，发誓说自己不会那样待她，会疼她，护她，一辈子对她好。

马五就这样白白捡了个媳妇，还是个好媳妇。模样俊俏，手脚利索，家里家外，耕种收碾，哪样农活儿也难不倒她，还一口气给马五生养出四个儿女。

要说马五的生活里还有什么遗憾，那就是这么多年过去，他家的日子始终不见起色，自父母离世后，倒越过越穷，十来年里，一直处于饿不死、吃不饱的状态。村庄前后的人家日子都是赛着过的，眼看旁人一天天富起来，女人间总爱攀比个吃穿插戴，相比之下，马五的媳妇就慢慢抱怨起来。后来竟开始摔碟子拌碗，指桑骂槐，数落男人的窝囊、无用。怨恨自己命苦，从一个赌鬼手下逃出，最后落到个老实疙瘩的手里，一辈子受穷的命。

马五老实，心眼儿死，不善于折腾，只知道守着几亩地熬日子。现在的日子，是种地就能富起来的吗？越守越穷，口粮不缺，可缺钱花呀，缺娃娃的学费，缺地里的化肥，缺女人穿衣打扮的票子。

随着年纪增长，女人的辱骂，左邻右舍那不经意的轻视，马五的腰开始弯下去，走路踢踢趿趿，永远直不起腰，这叫女人越发看不起，越发看着堵心。今年，他干脆寻根草绳子绑在腰里，弄得像个要饭的。女人气得诅咒，说他在寒碜自己，自己曾经就是个要饭的。

马五不理会女人的戳戳点点，每天照样往地里扎，一扎就是几个钟头。土庄的人都说马五是个二百五、半吊子。这穷山恶水的地方，能种出大棚蔬菜，能赚上钱，是墙上挂门帘——没门儿。

马五是土庄唯一认真对待塑料大棚试验推广的农户。去年乡政府就来人宣传、动员，要求大家试种大棚蔬菜。带头的是一位姓周的副书记，主管农业。大家说好好的水浇地，不叫种麦子，种胡麻，种的啥菜，菜总不能当粮吃，就有抵触情绪。周书记脾气好，耐下心动员，打刚刚开春就来了，土地还封冻着哩。周书记的深蓝色羽绒服都被料峭的早春风吹得褪了色。沿公路的水地大家留下了，是赌着气留下的，都说咱看看，看看这伙父母官怎样折腾咱吃粮的土地。政策上要求公路沿线的水地都留下，种植蔬菜，可能的话，将这里发展成一个蔬菜基地。

周书记给大家反复讲："一亩水地，挣破头也就产五百多斤粮，还得浇水、上肥，人力、物力投入不算小。同样的投入，改种蔬菜，发展特色产业，一亩地产的蔬菜，销出去，远不止这个收入。国家还给补贴，大棚材料都由乡政府补贴，籽种白送，不懂技术、不会种不打紧，乡里的技术员跟上为大伙儿服务。"

听这话的大多是妇女娃娃、老汉老婆了，年轻人等过完年，外面活计开始，就出门挣钱去了。有的人连女人也带走了，土地租给旁人。大家的账算得精着哩，一料庄稼的收入，折合下来，远没有打工收入高，还要看年份，看雨水的多少。旱年就算使劲抽那井里的地下水，对于大面积的庄稼，还是杯水车薪，解决不了根本问题，还不如打工来得把稳。

本来种地就是麻烦的事情，现在叫种啥大棚，把苦活儿变得越加麻烦，栽竿子，拧铁丝，搭塑料，平地，覆膜，都是精耕细作的活计，比女人家绣花还麻烦，大家就烦了。周书记的话权当吹过耳边的风，凉飕飕的，吹过，各自回家。

乡政府的车来了，送来大堆材料，石料杆子、竹竿子、淡蓝色的塑料布、一盘盘铁丝，还跟着周书记和一个黑脸技术员。材料按土地面积分配，竟没人愿意去领，村支书狼脸气得哇哇乱喊，说："都是一群吃屎摸不到地方的货色，好事送上门了，还转不过弯来。"

大家笑嘻嘻上前领材料，给多给少无所谓，甚至有人暗自盼望少分些，好腾出土地种自己想种的。马五家沿川一共三亩地，他垂着头报数：五亩。技术员就分给他五亩的材料。等他吭哧吭哧拖着竿子回家，女人迎头就骂，竟和狼脸支书用的是相同的话，说："你个吃屎摸不到地方的货色，人家都设法少报土地，偏偏你多报，脑子进水了咋的？"女人不愿意帮男人往回拉材料，马五就带着儿子女儿前去拉。

马五是头一个在地里插起竿子，搭成大棚的人。材料分下去，有些人拉回去，有的人连拉也懒得拉，胡乱扔在地头上，铁丝倒拿回去了，铁丝有用，哪儿都用得上。支书喊大伙儿来地里搭棚，来了几个老汉和女人，老汉懒洋洋的，女人一个个笑嘻嘻的，说这咋有了早些年农业社集体劳动的感觉。却没人愿意先在自家地里开头，都采取的是观望态度，心思是一样的，能推诿过去就往过推诿吧，这好地他们还打算种胡麻洋芋哩。

周书记说村干部带头。偏偏狼脸家这片没有地，狼脸就有些犹豫，脸上有些挂不住，觉得这样叫乡里领导看出他在群众中缺乏威信，又实在拿不定该拿谁家先开刀。他是个奸猾的人，善耍两面派。正犹豫着，老实的马五趿拉着鞋挤出人群，说："就在我地里搭吧，没人指教，只怕我一个人搭不好。"

人群呼啦啦拥到马五的三亩水地里，转眼就画出每个大棚的间距、占地面积，几把铁锨稀里哗啦，开始挖坑栽杆，拧铁丝。天黑时分，马五的地里凭空多出一排排天蓝色的棚，厚厚的塑料在风里发出唰唰的响声，风声不绝，响声不绝。搭完，周书记过来握了马五的手。周书记的手细长干瘦，像女人的手。马五心里那个紧张，心愣是跳了好半天。看看周书记走远了，他还在原地发傻，长这么大，他还是头一回和这么大的官儿握手哩。嘿嘿，嘿嘿，马五怀着兴奋的心情回了家。女人迎门把唾沫直接吐到马五脸上，马五不拿手擦，用袖子揩了，说："这手今儿金贵着哩，书记的味道还在哩。"

女人这回不骂他吃屎的货，睡在炕上宣布，从今往后，那三亩地她不再多管，全给马五这个半吊子种，只要年终别叫她们娘儿几个挨饿就行。她只种山上那十几亩旱地。女人是气傻了，拿这个榆木疙瘩没辙了。

土庄的人谁不说马五是个真正的榆木疙瘩哩。

几乎是在同一时间，开始实行退耕还林，封山禁牧。支书传话说山上的旱地都别种了，留着种树，越种越穷，再种，水土都流失完了。一夜间，山上爬满了挖坑的人，把所有的山洼都挖出鱼鳞坑，栽上树。不准牛羊出栏上山，狼脸支书雇了专人看管，谁家牛羊上山，罚款！这回闹心的人家不多，反正山高地旱，种了树正好，国家还给补助哩。只有养着一群羊的王阳老汉有点儿烦躁，他的羊在山上畅快惯了，一旦关起来喂养，闷得慌，整天往黑叫唤，叫声能把人烦死。

马五女人也闹心，烦得要死。原本准备精心作务的山地全种了树，三亩水地又搭了棚，她拿啥种粮，拿啥喂养肚子，难道叫她一家喝风屙屁去。说来说去还是怨马五这个二百五。

马五忙得要命，风里来雨里去的，挖坑栽树的同时，还抽身种植大棚。头一回侍弄这种新鲜玩意儿，可苦了他了，该种啥菜，咋种，施啥肥料，咋个施法，水咋个浇法，等等，都是难题。幸好那个技术员跑得勤，隔三岔五来了，马五就揪住他不放，问这问那。

土庄公路沿线的水地不少，可到头来真正种成蔬菜的没有几家。大家说上有政策下有对策，国家的号召得实行，自己的算盘得自己打。打到最后，家家地里的大棚是搭起来了，却搭得不是歪鼻子就是斜眼，竿子间距不匀，铁丝拧得马虎，塑料布苫上去松松垮垮，大风刮过，在风里使劲吼，技术员看着焦心，说："这日鬼的法子，糟蹋材料哩，每一根竿子都是钱买来的。这是在糟蹋钱呀。"

可笑的事情还在后面。菜籽发下去，咋种，技术员都一一讲解过。大家答应着，竟然都很爽快，爽快得叫人意外。等到苗子顶破地膜，长出来，舒展开眉眼，技术员和周书记叫苦不迭，才发现中了老百姓的计，土里长出的分明是洋芋苗。洋芋还用得着种在大棚里吗？周书记泄气，上面追查的也松动了，就不再前来监督。大伙儿呼啦啦前去揭了塑料布，这下大家的心里踏实了，禁不住暗自得意，还是想法把洋芋给种了。和往年没啥差别，唯一不同的是地里多了些竿子。这好办，等秋后乡里政策松了，干脆拔回来当柴烧掉算了。

马五女人那个气呀，恨完马五的老实，就恨大伙儿，觉得是土庄的人合伙骗了她，只有她一家将三亩地全部搭起大棚，种成蔬菜。到时候旁人收粮食，自家怎么办？可不招来全庄人的讥笑。

马五女人有好几个月没走近马五的大棚。她坚持称作“马五的”大棚，好像不是自家的，是马五一个人的。马五就是累死在那些鬼棚子里，她也不愿意过去搭一把。三亩好地由着他折腾，她可不想再搭上自己的劳力。

马五累得像个瘦猴，细长的脖子越来越长，像系着瓦罐的系子。精神倒是比过去好，过去萎靡不振的神情消失了，走路急匆匆，见人打个招呼就一头扎进他的大棚，大伙儿打趣说：“蔫人干大事哩，说不定马五这个蔫蛋能种出西红柿大的西瓜、西瓜大的西红柿来。”马五听到耳里也不怒，憨憨地笑。对于大伙儿的玩笑，他早适应了，活了半辈子，大伙儿就从来没把他怎么当个大男人看待。大伙儿敬重的是支书那样的当官的，何巴蛋那样的挣回大把钱的主儿。他算个啥，要不是当初侥幸捡上个女人，只怕至今还在打光棍哩。

马五侍弄菜棚稍稍有点儿空闲，就套上牛去山上种地，在十来亩退耕的地里全种上苜蓿。幸好苜蓿好种，撒种到土里，看看出苗，下雨天撒两回尿素，就不用再操心了。种上苜蓿，马五还是精心侍弄他的菜棚。

大儿子念书认真，是个有希望的娃娃，按女人的想法，干脆把娃娃叫回来算了，庄里好多半大的娃娃外出打工，在内蒙古的乌海当架子工，很能挣钱。有几个女人就用儿子挣的钱买了金耳环戴着，人就神气得不行，马五女人看得眼热，也想让儿子去乌海。马五不吭气，那意思就是不同意女人的想法。女人将盆碗摔得咣里咣当响，说："你就迷那些塑料棚，迷得一家人的嘴巴都快吊起来了。儿子生活费又没了，你想办法。"

这还真的把马五给难住了。最近给菜追肥，浇水就支出了一笔不小的花费。他摸遍全身衣兜，只摸出三块五毛钱。女人看着钱抽抽搭搭地哭了，哭着哭着，数说马五的无用，说："你看看，你睁眼看看，咱土庄几十户人家，谁的日子过得像咱，咱连个低保户都不及。"

马五顺门走出来，看着脚下的影子被日光拉长，影子和他一样孤瘦。马五记起女人的话来，决定去找支书狼脸。

走到支书家门外，马五犹豫了，迟疑不决。支书的高堂大舍亮堂得叫人眼目眩晕，马五小心地迈过门槛，红砖砌起的院子，宽阔、明亮、安静。院前的屋檐下一排溜儿摆着花盆，花盆里的花花草草奇形怪状的，有些马五根本没见过，就对着花儿望了一阵，把要说的话在心里重新捋一遍，才弓着腰，咳嗽一声，把支书从屋里引出来。

马五向支书表达了此番的来意。马五说得夹缠不清，颠三倒四，说完脸就红了，像个初见婆家人的害羞的小媳妇儿。

狼脸立即就弄懂马五的意思了，却不急于给他答复，而是看着马五嘿嘿笑，神情蔫乎乎地坏，将一口痰射出去，落在院子右角的一棵梨树下，他说：“马五你心眼儿活啊，守着那么漂亮的婆娘，还要求吃低保，要是给你吃了低保，那些光棍汉咋办？他们可饿了半辈子。”

马五的脸瞬间涨红了，赶紧辩解：“我……我不是，我是生活困难，真有困难，看能不能……能不能帮一把。”

“记着，”狼脸拍拍马五的肩，说，“你是饱汉子不知道饿汉子的饥，守着婆娘好好过日子啊，万万不敢跟人动歪心眼儿。”

马五趔趄着倒退出狼脸的家门，门槛高，差点儿把他挡了个仰背。狼脸这狼日的，是啥意思他还没弄明白。

马五回过头，口里泛起一大口唾沫，想吐到狼脸的大门上，转过脸才发现门洞里一只大狗看着自己，目光恶狠狠的。

马五大吃一惊，骂一声："这贼日的，跟狼脸一个熊样。"顿时庆幸进门的时候它睡懒觉，你说万一被偷偷咬上一口，可不是自找的。一后怕，冷汗就下来了。

在菜棚里忙碌，马五耳边嗡嗡嗡嗡的，老是想起狼脸那番话。

黄瓜的蔓子爬得老高了，挨近竿子的就沿着竿子径直往上长。眼看就要开花，马五找来些细棍子给它们搭架，搭了整整一个上午，隐隐听得远处女子在喊："吃饭来——爸哟吃饭来——"他感觉是自家的女子，钻出棚，果然女子站在远处。看着父亲，却没有走近前来的意思。

马五想女子要是前来看看他的大棚该有多好。黄瓜不留意就扯出这么长的蔓子，有的连花苞也打上了，眼看就要开花结瓜。他心里高兴，一高兴就十分想找个人来说说话，叫她看看自己的劳动成果，可是女子看见父亲从棚里出来，就转身走了。她和她妈站在一条战线上，她才不愿意看这个老实的父亲瞎折腾。马五心里就有些失落。女人不来，女子也不来。可是这黄瓜都要开花了，还没个人来看看，和他说说话，这叫啥事啊。转身看着满棚绿油油的黄瓜蔓子，探头探脑的香菜叶子，就要开花的西红柿，还有一畦畦芹菜，长出身形的莲花白菜，马五无声地笑笑，给自己说等等吧，等它们开了花挂了果，长出满棚的绿果子，那时节再叫她们看看，看看她们会咋想。

八个棚里的蔬菜比着赛地长，说开花，所有的黄瓜都开花，淡淡的黄色小花，害羞似的爬满了支架。西红柿的花也是淡黄色的，也是一样的小小巧巧，也是羞答答的模样。没事的时候，马五不想回家，待在棚里，瞅着那些花看。害羞的花朵，散出的味道也是羞怯怯的，若有若无，在鼻息间幽幽飘浮。沉浸在这样的花香里，马五暂时忘记了家里的烦心事：女人的嘴脸，拿不到学费，儿子高高噘着的嘴巴，祖传的两间就要倒塌的土房子。花香浸润在马五的每一寸肌肤上，慢慢沁入，马五就微微沉醉起来，像喝了一大缸醇香的米酒一样，走在菜畦间步子也歪歪扭扭的。

春色满园关不住，马五大棚里的菜终于将大伙儿的目光招惹来了。初夏来临，天气渐渐炎热起来，技术员说得把塑料布两头揭起来，棚里温度高，影响菜蔬生长。马五也觉得里面热，热得像蒸锅，就揭起来，凉爽的气息透进来，满棚的绿菜也感觉到惬意，舒展开腰身，迎风悠悠地荡漾，荡出满地绿波来。

有馋嘴娃娃窥见马五的黄瓜，馋得流口水，忍不住纠集上三五个，乘午歇的空儿挨近菜棚来。从揭起的菜棚两头能看到绿绿的黄瓜，线虫一样，挂满支架。黄瓜身上的刺儿还在，说明还不是摘下吃的时候。娃娃哪里忍得住，钻进棚里就摘。一声断喝把几个小毛贼吓得够呛。马五神不知鬼不觉地来到他们身边，看着他们行窃。娃娃们风一样跑远了，马五菜棚里菜蔬满地的事情却传开了。大伙儿来看，连马五的女人也来了，果然是满棚绿压压的菜：长的黄瓜、圆的西红柿、刀子一样的菜豆角儿、沉甸甸的茄子，油白菜身子挺拔，莲花白菜大得像小罐子。绿压压中间，是张着嘴呵呵傻笑的马五。马五的腰弓得更厉害了，脸色贼黑贼黑，他搓着一双粗手，只是一味地笑。面对突然拥来的人群，他觉得意外，没有心理准备，笑着笑着竟然害起羞来，满脸的皱褶，在羞答答的笑容里舒展开了，他的脸上像有一朵初开的黄瓜花儿。

女人看到了希望，开始帮助马五料理菜棚，连女子也来了。女人开始计算到时候能卖多少钱，马五不算，有女人料理菜棚，他能抽出身子，去山梁上的退耕地里割苜蓿。今年雨水多，一连下了几场，树丛间套种的苜蓿长势良好，虽是头一年种，长势竟然很喜人。马五顶着初夏的艳阳割苜蓿，苜蓿的紫花飞扬开来，满山洼都是紫压压一片，醉人的花香满山流淌。和周书记闲聊，无意中听他说苜蓿扬花时要及时割倒，晒干，开花时节是苜蓿养分最充盈的时候。这里的人每年都等到苜蓿开花才舍得喂牲口，每天割一捆，就是舍不得全部割下。喂到最后，苜蓿花谢了，枝干干硬，变得像老柴，还坚持给牲口喂养，祖祖辈辈都这样喂养。周书记的话与老办法大不相同，马五想试一试。他前半辈子都是窝窝囊囊小心翼翼做人处世，从不敢放开手脚尝试。谨慎了几十年还不是穷得叮当响，连当过叫花子的女人都看不起了。再不大着胆子试试，这辈子只怕就没有机遇了。

土庄的人上山割苜蓿，看见马五又在干出人意料的事，居然把长得旺盛的苜蓿大面积割倒，一排排晾晒在大太阳底下。嫩嫩的苜蓿，经日头曝晒，顿时蔫蔫的，失去水分。那样的苜蓿牲口可怎么吃？马五他是发疯了吗？

这老实疙瘩今年咋了，净干叫人吃惊的事。

十三亩苜蓿可把马五忙了个够呛，足足花了半个月的时间才算割倒，晒干，拉回家，摞在场外，像个麦垛子。马五给上面苫上塑料布，不叫风吹雨淋，不叫鸡群糟蹋。

马五女人说："你不叫牲口吃，活生生割倒拉回来，是准备自己吃吗？"马五咧着嘴嘿嘿笑，说："我吃我吃。"女人不耐烦地咧咧嘴，她最看不上马五这嘿嘿的傻笑，她觉得这种笑没有内涵，只是一味地傻乐和，是无用又老实的男人应付生活的惯用法子，这些年她早瞧够了。

麦子大面积抽穗扬花的时节，马五棚里的蔬菜开始出棚。每个逢集日，一大早，马五顶着星星起来拾掇菜，铲、摘、拔，弄上满满一架子车，苫块塑料布，拉到集市上去卖。这段日子马五就在棚里睡，一来防止有贼偷菜，二来能起个大早，还能每天看着他的蔬菜。马五现在一天看不见他的蔬菜，不进棚里忙忙，心里就乱惶惶的，把啥丢了一样，不踏实。

马五的菜并不好卖。集市上啥菜都有，菜的价钱自然贱。卖过几回，马五心里那股盛盛的气息开始往外泄，像一个漏气的皮球。种这些菜不容易，他受了多少熬煎只有自己最清楚。这天马五又拉一车菜去卖，虽说赶的是早集，想想菜价不行，心里乏沓沓的，最初的兴奋劲头儿早就没了。路过乡政府的大门，记起周书记来，那是个不错的人，虽说当着那么大的官儿，在小老百姓面前可不端架子，还跟你说这说那的。

正犹豫着，一个人咳嗽一声，打铁门里走出来，竟然是周书记。说曹操曹操居然真出现了，马五就向他投去一个憨厚的笑。周书记说："哎，这不是半吊子老哥吗？"说着走过来。马五看见他向自己伸出手，心想八成要握手了。就赶忙停下车子从套绳里钻出来，捋着袖子走近去。可惜，周书记并没有握手的意思，说："咋样，棚子里的菜能吃啦？吃水可不能忘了我这挖井人啊，哈哈，哈哈。"

马五跟着哈哈傻笑，心里说："亏你还认得出我，我就要栽在那些菜的手里了。贱价处理，实在舍不得，可不卖，过段日子，就是满棚子的烂菜叶子、臭菜帮子。"他心里这样想，脸上却不敢流露烦闷的心思，就一味地哈哈傻乐。

幸好周书记心细，还是察觉出马五埋在皱纹深处的烦恼，说："咋的，菜不好卖？"

马五见他是真心关心自己，就苦下脸说了实话。

周书记思忖一下，说："这确实是个难关，你等等，我叫人到网上查查，看能不能给联系个客户。"安慰几句，两人分手，马五拉起菜赶早市。走了几步，忽然想到这书记又不是自己什么亲人，能这样把心把肺地待自己，说明这个人确实不错，心里头有老百姓哩。又想我总得回报人家一下吧，想说你拿些菜吃去，回头一看，周书记早进去了。马五心里就有些歉疚，觉得亏欠了这个当官的。看见远处几个卖菜的，正往这边看，马五心里就觉得有点儿遗憾，刚才要是真和书记把那个手握了，那些人看见了，还不对自己肃然起敬，另眼相看？至少再也不敢排挤自己了吧。遗憾的是，好好的一个手，眼看要握成了，愣是叫自己给耽误了。他就有些恨套绳，都是它套住了他，他的行动才变得那么迟缓的。

有人过来搭讪，问马五："那是谁，和你说啥了？"马五带着大大咧咧的语气说："书记，乡政府的周书记，我和他熟。"说完马五就一心卖菜，不愿意搭理旁边的人。那些人肯定在心里做着猜想，猜想自己和周书记的关系。

周书记果然给马五联系上了客户。人家开着大卡车前来拉菜，周书记自己也来了。正书记也来了，连县里报社的记者也来了。呼啦啦一下子来了不少人，说是来观摩的。周书记就忙着给马五过招，要他对记者讲讲自己是怎样种植大棚蔬菜，从而走上发家致富道路的。

马五看着周书记，心里觉得奇怪，这个原本挺实在的人，咋转眼净说些叫人费解的话，听得他迷迷糊糊的。乡长过来和马五握手，好几位领导都和马五握手。他们握手的举动很特别，抓着你的手，使劲摇啊摇，前方是穿着牛仔裤的记者，举着一个大机子使劲拍呀拍。本来和正书记握手的时候马五的腿子有些颤，书记抓着他的手摇摇，他居然就不颤了，对着面前的机子挤出一个笑脸。

一个头发黄黄的外国女子过来问马五："作为一个杰出的农民企业家，你能说说此时此刻心里的真实想法吗？"问完将一个黑黑的东西伸过来，对着马五的嘴巴。

马五不会说话，腿子就抖，怎么也止不住。周书记过来捅捅他，说："你就说感谢张书记的英明领导。"马五就说："感谢张，张，张书记的英明，英明领导。"

说完马五就犯起了嘀咕："张书记是谁啊？帮他的书记不是姓周吗？这个姓他可记得牢，和周总理是一个姓嘛。"

记者说："我们请袁枚乡的党委书记张世槐同志谈谈发展农村经济，调整农业产业结构的心得。"

马五这才明白张书记正是他们的父母官，一把手，是管着周书记的，他刚才还和人家握过手的。

不管咋说，马五的菜棚子有了名气，成了乡里扶持的对象，这是张书记亲口说的，还让马五有什么困难尽管说。马五说能不能帮忙贷点儿款，他想承包旁人的地，把菜棚种得大一点儿。

乡亲们说马五这个半吊子，狗粪笼子里拾钱哩，尽碰上了好事。还真是这样，乡里答应帮助马五贷五千元的贷款，用以扩大种植规模。最实际的好处是马五的几棚子菜当下被大卡车拉去大半，还卖上了不错的价钱。

算账的时候马五就有些迷糊，可能高兴得昏了头，也可能本来就是个昏头昏脑的老实壳子，手抖抖的，嘴皮子磕磕巴巴。幸好他有一个精干的女人，这女人当下搡过男人，自己上前结账，居然算得头头是道，有板有眼。观摩的人都惊叹这菜棚子里藏着这样一个能干的女人，那个女记者本来完成了采访人的任务，收拾家当准备回去，见了马五女人禁不住重新打开相机对着女人“咔嚓”来了个特写。

卖完菜一算账，马五的三亩菜棚，纯收入高过种庄稼。周书记说了还有秋季的一茬哩，初秋种上，赶在冬天土地封冻前还能产一茬菜，又是一笔收入，这就远远比种庄稼好。这账谁都会算，乡邻们远比马五算得利索，这下他们纷纷表示也要种菜，春季的没种，秋季的可不能放过。马五女人就发愁，说：“谁愿意把地包给咱们哩？”这女人头一遭主动和男人商量家里的事情。

马五傻傻一笑：“谁说咱要承包他们的土地？”女人说：“你说的呀，还要贷款哩，当着那些大官记者说的呀，你不是在说着耍戏吧。”

马五说：“男人有男人的想法，你一个女人家少掺和。”马五这句话把女人给说蒙住了，把马五自己也给说蒙住了。这是他说的话吗？女人头一遭没有冲着马五撒泼，反倒嘿嘿地笑了，说：“马五你成了男人了，像个真正的男人了。”

马五奇怪，这么些年我不是男人吗？

想一想，还真不像个男人，一点儿没有男人的气势。

一旦在家里确立起男人的威信，马五就想把这威信树立得牢固一些。他说：“养牛，我们养牛，有十来亩苜蓿，再租些旁人的，不愁喂不出几头肥牛。”

土庄兴起了拱棚种植蔬菜的热潮，山上退耕地里的苜蓿就没心思照料了，马五租来二十亩，精心看护。他用卖菜的钱加上贷款都买了牛，一下子买了五头牛娃、三头老乳牛。牛娃小，价钱低，只要精心喂养，转眼就能长大，老乳牛可以下犊，扩大牛的数目。养牛同样是吃苦受累的差事，马五起早贪黑经营着，上山割草，铡草，拌料，出粪，垫圈，样样都是力气活儿。一年过去，马五老得更厉害了，满脸的胡楂，黑压压的。三头乳牛都添了牛娃，马五心里高兴，干脆撇开菜棚子，专心养牛，菜棚的事女人女子照料着，收入也是不错。

马五高兴，看见日子大有奔头，可是烦心的事哪里有个头。这几年尤其愁得厉害，都逼在眼前了。女人也愁，愁得睡不好觉。他们的大女子舍舍都二十岁了，还没个前来说媒的，这咋不叫当父母的发愁哩。舍舍不缺胳膊不缺腿儿，就是长得丑，窝头窝脑的，还一脸麻子，头发黄黄的，就是没有个女子娃的娇嫩模样。

现在的小伙子眼头高得很，说媳妇不是要求有文化，就是人长得漂亮，丑女子就像毛色难看的牛，价钱不高，还被人挑三拣四的。舍舍年前倒是来了个主家，竟然是个二婚，前房里留下三个娃娃，这男人有多老可想而知。马五本来给媒人准备了放有红枣枸杞白糖的盖碗茶，等她绕了半天，说出男方的名姓，马五就恼了，续茶水时提起一壶凉水给倒进去。媒人一看形势不利，告辞走了，一场婚事就此结束。马五两口子好一段日子不舒心，他们的女儿最不济，也不能嫁给一个老光棍吧，当媒人的也太损了。

土庄的女子嫁人都早，十六七岁就能说婆家。马五的舍舍愣是耽搁到二十。这在外面社会不算啥，在土庄却是很扎眼的事。舍舍这女子心眼儿不多，认死理，长成老姑娘，就整天苦着张脸，连父母也怨起来了，似乎自己嫁不出去是父母的过错。舍舍要是随她妈倒不怎么难看，问题是她像马五，活脱脱就是马五的另一个版本。看她的长相，怨恨父母倒是有道理的。

马五安慰女人："嫁不出去不要愁，好事不是愁出来的，等咱日子好过了，给女子好好寻访，说不定就有一个好对象在远处等着舍舍哩。姻缘没到时候，急也没用。"

马五的牛很快养成了群。他买来养牛的书，遇到问题，儿子在书上查找，念给他听，加上实践，马五给自己积累了一套养牛经。用科学养牛法结合老辈人传下的土法子，牛长大很快，个个腰身粗壮，毛色水滑，苍蝇爬上去打滑。

三年后的冬天，土庄的穷汉马五终于结束了自己两辈人贫寒的历史，盖起两间大瓦房，房子高大气派，亮堂堂的，搬进去感觉就像进了大宫殿，马五就感叹：“现在的人真是敢想敢做啊，这样的房子，过去可是只有地主老财才住得起的。他马五何许人也，想不到也给住上了。这不是做梦吧？”女人掐一把他的大腿，疼得马五直跳，说：“真的，是真的。”

马五的新房子有个与众不同的地方。现在的房子里不是带澡堂子吗，马五家的也带了。澡堂子一般设计在房里的某个角落，帘子一挂，小门关上，和城市里的卫生间一个样。

马五家的澡堂子设在大房的右角，和别人的一样。可是他在后墙上开了个窗子，窗户不大，装了铝合金的窗框，铮亮的大块玻璃。有人说：“马五你这耍的是哪一出啊，墙后开个窗子，是想叫土庄的人看你们两口子洗澡的场面吗？”马五嘿嘿地憨笑，说：“拉着窗帘哩，除非是火眼金睛才能看见。”马五喜欢上洗澡了，隔几天就要洗洗，澡堂子就是洋气，洗洗连整个人都觉得洋气起来了。

这窗帘子有个好处，只要拉严实，外面看不清里面，里面的人可以尽情看外面，看得一清二楚。马五觉得这样真好，洗澡就是一种不错的享受，他隐在一团水汽里，一扭头就看见窗外土庄人的活动场景。一伙老人在路边的杨树下晒暖暖，几个小伙子把手里的手机弄得吱里哇啦唱，几个女人声音响亮地开着很荤的玩笑。马五的房后是公路，往右拐是庄里一个公共打麦场，闲来没事大伙儿总爱往这里凑。马五老实，不善于和人玩笑，他就躲在澡堂子里，听墙外的说笑声，竟然把村里各家的瓜长蔓短都给听来了。

盖过新房的第二年，马五将贷款还上了，还存下了两万元。他盖了大牛棚，将牛养到了二十头，算是有一定的规模了。马五买了辆二手摩托骑上，满世界跑，了解牛的行情，经营生意。过段日子又给家里装了部电话，这样联络起来方便多了。周书记打来电话说今年马五被评上了全乡致富能手，到时候开表彰会，要求马五发言，要他提前准备准备。

马五说："咋个准备法，我心里迷糊。"周书记鼓励说："没事，稿子我叫人准备，你到时候照着念就行。"还是有麻烦，马五不识字，看着稿纸上黑压压的字儿犯傻，半个也不认识。马五想了个笨法子，把稿子拿回家让儿子教给自己，儿子念一句，马五念一句。大会举行前就将稿子背得流水一样顺畅，马五参加会议的信心就上来了，盼着大会早一天开。

参加大会的这天，马五满脑子都是舍舍。舍舍白白的身子，舍舍害羞的笑容，舍舍察觉自己被人偷窥时的惊惶害臊……听到有人喊："马五，马五……"他才意识到轮到自己上台了。大着胆子跑上去，对着一个黑话筒背诵："我叫马五，家在土庄村，土庄，土庄，土庄是个回汉杂交村，有，有……”有多少人口呢？他满脑子都是舍舍，舍舍把他的脑子搅和成一团糨糊，黏糊糊的，背过的那些话在黏稠里翻腾，就是记不清究竟是些啥。汗顺着脖子淌下来，棉衣湿乎乎的。

舍舍同样喜欢洗澡，就在她父亲的澡堂子里洗。大白天的，窗帘子硬是不往严实拉，叫那个途经的要饭的看了个够。那娃啥都好，就是缺一只眼睛，是个独眼龙。马五就是想不明白，独独的一只眼，咋知道偷窥人家大女子来着，还看了个详细。

台下发出哧哧的笑声，越来越大，马五在台上都听到了。他掏空脑子想，就是想不起背过的那些话。磨蹭了好一阵，再磨蹭，别说自己丢人，连张书记、周书记的脸面都要被自己给损了。马五想哭，想尿尿，想泡在自家的澡堂子里，美美地洗他一个热水澡。

不要脸的舍舍，女儿身子都叫大男人看了个透亮，她竟然没有寻死觅活，连表示一下的意思都没有，瓷着一张脸，愣是跟父母顶上了。要饭的独眼龙竟然说看上舍舍了，要娶这个被他看了身子的女子。你说，独眼看见的，和两只眼看见的，会不会不一样，有出入？难不成舍舍在独眼龙眼里是个大美人。

唉唉，这叫啥世事嘛，唉唉，唉唉。

有人扯左边的衣角，马五一斜眼，是周书记。周书记的脸潮红潮红的，像刚刚下过蛋的母鸡。“拣你心里想说的说，”周书记沉声说，“少说几句就下来！”马五就胡说，在这样的场合，马五认为只要不按稿上写的念就是胡说。马五说：“我家里种着三亩地，九个大棚，养着二十头牛，十一头乳牛、九头牛娃。都是红的，红牛毛色好，值钱……”马五竟然没卡壳，一口气说了一大堆。下面的笑声消失了，变得严肃起来。

马五的颁奖词是成功的。领导将一个印着大红烫金字的匾奖发给他，县上的一个秃头领导亲自颁发到马五手里，还握了握他的右手。马五手心里就麻酥酥的，麻了好多天，这可能是比周书记、张书记还大的官儿啊。

马五女人说：“咋，我也是要饭出身，难不成你连我也嫌弃？我看这娃就不错，啥也不差。”情急中她把差一只眼的事给忽略掉了。

马五也想通了，答应舍舍嫁给这个要饭的男人，并把他招上门来。他想这样也好，以后有个帮手。这几年又是养牛又是种菜，他一个人还真是照料不过来呢。

不久，一个有关马五的笑话在袁枚乡流传，都说马五是个二百五、半吊子，还真是的，愣是把稿里的“杂居村”，给念成了“杂交村”，还是当着全乡领导和群众代表的面念的，过后，还一副啥事都不知道的嘴脸，说他是半吊子，一点儿也没亏着他。

老 年 团

柯老汉的目光越过马霞，不看于老板，直直地盯着马霞身后墙上那幅玻璃框里的水墨画。画面是典型的江南水乡，是用墨汁点染的，有些地方疏淡，有些地方浓烈，整个画面给人感觉湿漉漉的，好像刚下过一场雨。那是于老板从浙商协会上认识的同乡送的。旅行社墙上除了营业执照和许可证，不挂一些乱七八糟的东西，这幅画儿是个例外。只有金凤旅行社的员工能理解，这上面寄托着于老板的故乡情结，于老板是南方人。

柯老汉才不懂画儿呢，也没兴趣欣赏，他梗着脖子说："你们的收费高点儿没关系，我们想通了，我们就当被你们宰一回，但是我们的条件是叫马霞这女子给我们带团，于老板你说马霞没带过团，没关系，我们也没去过北京，我们不还是要去吗？谁干啥都有个头一回呢，开了这个头，她不就啥都能干了？肯定就是最好的全陪了！反正你们这圈圈道道的我不懂，我们就一个要求，叫马霞这女子带团。她细心，脾气好，说话声音好听，人长得面嫩，我们就稀罕这娃，就愿意跟着这娃去北京嘛！跟着她去浪北京，我们心情好嘛，就算叫她把我们卖给人贩子，我们也愿意着哩。”

柯老汉一看就是个热闹人，那张嘴一辈子能说会道，现在双唇跟他整个人一样，随着衰老，变得枯瘦单薄而严重脱水。但是他扇动着那两片干菜叶子一样的嘴唇，硬是把身后的老人们说动了，大家达成了一致意见，现在的情况等于大家默许他代表大家和于老板谈判。

于老板笑嘻嘻地听着。于老板的旅行社开了近十年，和啥样的人没打过交道？可以说三教九流各行各业都有。他简直能闭着眼睛和不同的人打交道，用一口早就本土化了的温州话搞定一笔又一笔生意。于老板的目光早就不是初开旅行社的时候那个恭敬而胆怯的小老板了，腰包里有足够多的真金白银撑着，他的气势是压不住的。只是为了生意的顺利发展，他不得不极力保持着那种谦卑和平易近人。他知道不能再和这个老头子纠缠，要从他身后那几个老人身上突破。目光逐一扫视那几个人，三个老头儿、五个老太太，都是农村人，目前还在农村生活，或者至少三年前还在农村过日子。他们双手摆在膝盖上的造型和坚硬变形的指甲盖等毫无遮拦地暴露了这一点。有一个老奶奶面容姣好。他被“姣好”这个词儿逗笑了，心里想着自己是不是有点儿恶毒呢？这个年岁的老太太了，再说姣好，好像有点儿不恭了。

于老板知道她姓林，他盯着面容动人的林老太太，笑眯眯说：“老姨啊，我可是为大家着想呢，我们大家这辈子就去这一趟北京，哎呀，你想想，去一趟北京多不容易，我们这小地方的人，一辈子能去北京那简直就是一步登天啊，就是做梦啊，哈哈，我们不简单啊，要把梦做到北京去了，你们多了不起呢——”他的口气像在哄小孩子。但是这帮老人在认真听着，也许随着年岁变大，他们已经见惯了生活环境里各种人对他们的这种日渐低龄化的交流语气和方式，所以他们毫无反感毫无设防地看着于老板，听着他哄他们这帮老小孩儿。

于老板绕了一圈儿，还是不放马霞带团。很简单，马霞太年轻，从业时间太短，经验严重不足，如果她带团，在当地做个地接啥的锻炼锻炼倒可以，要她一开始就带一个团去北京那么远的地方，又是老年团，这跨度太大，不合适。

说良心话，这次于老板预留的私心真不多，一般情况下老头儿老太太们花钱一个比一个抠搜，这种团油水不大，给马霞带也没啥，问题是他得考虑到全陪经验不足对安全潜存的影响。这样的团一般是小戴带。小戴刚带了一个豪华团去新马泰了，五天后返回，回来稍做修整，就可以带着这个老年团直奔帝都。小戴的业务呱呱叫，连赴香港的购物团都能搞定，带这帮老骨头游北京，那简直就是闭着眼睛都能玩得滴溜溜转的事儿。

马霞一直没有吭声。老板和顾客谈事情，没有她插嘴的份儿。她默默盯着电脑，屏幕上是已经做出来的“红太阳北京五日游”旅游方案。这是马霞入职以来第一个从策划到起草到经过老板审核通过，最后拍板的方案。从第一个老人柯老汉进门到这里咨询，到团队一天天变大，到如今形成了一个二十五人的老年团，都是马霞一个人忙碌出来的。马霞心里有一个渴望，她想带这个团，她需要走出去锻炼。她到旅行社工作半年了，前两个月擦桌子扫地笑脸迎人端茶倒水，第三个月上开始接触文案策划。现在能独自接待一单生意了，也算是进步神速，但还是缺乏外出带团的实战经验。她倒是做过几回地接。可本地偏僻，来这里旅游的不多，就算有，也多是自驾游或者政府接待，一般不会找旅行社。再者，当地几家景点开发处于初步阶段，游客基本很少购物，做地接没啥购物分成。她也跟着小戴跑过一次青海，她给小戴打下手，除了跑腿吆喝下黑苦，分成小费一类她根本沾不上手。但是她不笨，那一趟从头到尾她都默默用眼看着，用心记着，把一路上导游这个角色实际要做的事儿，都一一收在眼底，记在心里，她是在为有一天自己真正开始带团积累经验，趁早打下基础。

马霞早就渴望着单独带团了，只有带团才能挣钱，基本工资太低了，一个月一千，平均算下来一天是三十几元钱，除了房租水电费和吃喝，她还能剩几个呢？说夸张点儿连手机流量的包月费都不够交，在酒店做传菜工的男友小田工资也不高，为了及早和小田把亲事办了，马霞很想多挣点儿钱，有多想，这种渴望只有她和小田最清楚。

马霞不敢直接跟老板说自己很想带团出去，手指按在鼠标上无声而无聊地滑动着，将那个方案从头到尾看了好几遍，二十五个老人的名字和家庭住址联系方式等一遍遍在眼前滑动，她简直都能把它们一个个背诵下来了。有些人她见过，有些还没见呢，报名是同伴或者子女代办的。三天前柯老汉带人第N次来谈判后离去，目送那几个弯腰驼背的身影颤巍巍走远，于老板舒了一口气，用低沉的南方话骂了句娘，把一口痰咽下去，又追加了一句："一帮老杆子，靠征地发了点儿小财，就把自己当财主啦，真他娘难弄！"马霞望着那背影有些愣怔，她在脑子里费力地想着，老板这句话究竟是固城方言呢还是正宗温州土语？

这时候电话来了，直接打手机上，于老板捂着机子呜呜地应，马霞有个预感，是小戴打来的。于老板起身，快步走出玻璃门，到外面去了。马霞的预感很强烈，小戴有事情，要紧的事情，如果是一般的业务，于老板不会跑出去接电话。这事情也许和业务有关，也许和业务无关。如果和业务有关，那么是比较重要了，不然于老板不会避开她。如果和业务无关，则可能和情感有关了，这两个人早就在一起不清不楚了，只是这些乱七八糟的事儿马霞不愿意去掰扯，她只想早一天出去带团，做一个天南海北到处跑的导游。

趁着老板不在，马霞跟柯老汉说："大爷，你们为啥偏偏要我带团呢？老板说了，我确实没经验，我怕带不好你们。"柯老汉伸出一个老手来拍拍马霞的肩膀，笑呵呵地说："我们觉得你行你就行，我们认定你了，非你莫属。"然后扭头问身后的伙伴们："是吧，是不是？"

"非你莫属，非你莫属。"老人们齐刷刷点头，好像一群小学生在排好队喊口号。

马霞不由得感动了，她怔怔回味着"非你莫属"这个洋词儿，不知道老人是从哪里学来的却用到了这里，还用得这么准确，想着眼圈儿瞬间就热了，嗓子有些扁，提高了声音说："大爷大妈们，谢谢你们，只要真能带你们出去我一定……"正说着，于老板进来了，柯老汉好像被谁注射了兴奋剂，提高了嗓门说："我们就要马霞女子，换了别人我们还不旅游了！"于老板稍微一愣，好像还没从那个电话里醒过神来，竟然一改表情，右手在领带上习惯性捏一把，说："就这样吧，按照大家的要求，这个老年团马霞你来带，快点儿联系各个方面，尽早安排发团吧。"

由于是老年团，做团的时候充分考虑了老年团的特征，此去安排的景点尽可能都是古老传统的对体质没有挑战性的，只有长城难度比较大。故宫是旅行社推荐的。天安门是老人们自己指明要去的。马霞知道为了此去玩好，很多老人都做了充分的知识补充，有人嘴里念叨着香山，有人说雍和宫，有人说圆明园，有人说明清皇陵。由于大家众口难调，景点改了定，定了改，前后折腾了好几遍，这都再正常不过，哪一个团不是来来回回折腾好几遍呢？小戴说过，干这一行，尤其做文案，除了谈判才能，还需要十足的耐性，要有耐心耗得起。其实很多人一开始想法很多，翻来覆去折腾人，到了最后他们自己累了，没意思了，还是会乖乖接受旅行社一开始推荐的线路。就在马霞把老年团旅行路线敲定后正要关机下班的时候，一个人推开了玻璃门，一个老人。马霞没感觉到他具体怎么迈步进来的，他已经站在马霞的柜台前，说："我要去北京，去毛主席纪念堂。"

马霞职业性的反应是她的老年团又多了一个游客，好事情。她说："你来得正好，我们后天就发团。你愿意跟我们这个团呢，还是稍微往后等等，走散客路线？你看看这个路线吧，我建议你还是跟团吧，既便宜又……"老人点点头："跟团吧，但是你们的路线里没有毛主席纪念堂这个地方。"马霞不容他置疑："我们可以调整路线，把纪念堂安排进来，这个请你放心。"

一边的于老板稍微一思考，点点头，他明白马霞的心思，默许了这样的决定。

老人爽快，在费用上一句都没有计较，交了钱就离开了。

人已经走远了，马霞忽然觉得这个人有点儿怪，至于哪里怪，说不上来，就是觉得怪怪的。话很少，基本上没有多余的废话，不像柯老汉总是问前问后没完没了。他有些沉默，可是，好像沉默得有些过了。是啊，确实过了，给人感觉他不是一个老人，而是一座山在那里，默默的，但是这种沉默不影响他的分量。马霞回想着他从衣兜里掏钱的过程，动作沉稳、干练，没有老人的那种拖泥带水和迟缓犹豫，可又分明不是年轻人的那种快捷利索。一个时髦的网络词儿蹿进了马霞的脑子：闷骚。对，他就是给人感觉有那么一点儿闷骚。她悄悄笑了，反正运气不错，眼看着就要发团了，又来了一位，是好事儿。于老板也默许了她临时调整行程的决定，加了毛主席纪念堂，这让她有一种获得了权力和认可的满足感，她觉得这一趟团如果能顺利带下来，自己以后在旅行社的地位肯定能得到提升，以后也能个把月里跑一趟外面吧，比不上小戴，小李小王总可以吧。

集合地点在固城人民广场入口，那里有暂时停车的地方，方便大轿子车等候人家集合。说定六点整集合，马霞五点十分就到了。第一次带团，她得分外认真。五点半，第一个老人到了，是最后报名的那位。马霞已经记住了他的名字——张自立，很普通的一个名字。那天傍晚匆忙，马霞没仔细看他，现在特意留心打量。她有点儿失望，含着笑跟他点头，意思是问好。他也点一下头，却没有笑，脸绷得紧紧的。她忽然发现自己这两天把不少时间花费在琢磨这个人上面了。要命的是这样的付出是无效的，没一点儿意思。他不还是那个沉默漠然的老头子吗？自己为什么要持久地琢磨他呢？她仰着细长嫩白的脖子微微嘘一口气，觉得好没意思啊。

身后一阵叽叽喳喳，热闹像一大团风，裹在拉杆箱滑轮的霍霍声中近了。柯老汉来了，王老汉来了，张大妈来了，于大妈也来了……每一个肥胖或者干瘦的身子后面拖着一个硕大的箱子，也有人手里另外再拎个小包，这是出外旅游的常见装备。一个大妈老远就扯着嗓子喊马霞，问现在带羽绒服吗，不知道北京冷不冷。马霞看一眼远处天空中絮状的淡云,差点儿笑喷了,但是不能笑,压抑的气流在肚子里跳跃着。想不到好几个老人纷纷跟着附和这问题，看样子老人都是怕冷的，她耐心给大家解释："不用带冬衣，北京和我们宁夏所处的纬度相近，我们这里还穿衬衣呢，所以北京也不会冷到哪儿去，大城市人多，甚至还要热一些呢。"一个嗓子有点儿粗哑的老太太卷着舌头说："我叫孙子帮我看天气预报了，说东北这几天连续降温，姑娘你不能哄我们到时候挨冻吧。"马霞差点儿岔了气，强忍着，声音还算正常，说："大妈您真的不用担心，东北是东北，咱们去的是北京，不是一回事。"

老人们都很守时，纷纷聚齐了，马霞盯着司机给大家装箱子，心里感觉有哪里不对劲。这念头鱼儿一样，一闪念，没抓住就游走了，不见了。摇摇头，心里说我不会是更年期提前了三十年吧，出现恍惚了？拿出一沓小红帽，每人一顶，要求必须戴，再给每人发一个牌子，是开会戴在脖子上的那种，说："我已经把我的电话号码写在上面了，现在你们也写上自己的名字，这样就不容易走丢。"然后打出一面三角小红旗，上面印着"红太阳北京游"。马霞学着小戴的样子挥舞一下旗帜，指挥大家上车。老人们拖泥带水地全部爬上去坐稳当，马霞不坐，挨着座位数人头。在心里无声数一遍，在嘴里出声数一遍，都是二十六个。她拿出行程表，先开始讲规定。国有国法，家有家规，没有规矩，不成方圆，这么一个二十六人的大团，而且是老人团，该申明的不提前说清楚，出了事儿谁都不好看。呸呸，马霞在心里骂了自己一句，臭嘴巴，胡说啥呢，能出啥事儿？肯定是平平安安出去，顺顺利利回来！这是小戴说的。当然小戴不会跟游客说，是安排好游客后，悄悄给她说的。小戴说："干我们这一行的，就盼个顺顺利利，一趟行程顺风顺水走回来，谁都幸福。"小戴说话喜欢使用"幸福"这个词儿。

现在这个词儿竟然毫无防备地从马霞嘴里冒了出来，她说："能和各位大爷大妈叔叔伯伯一起走一趟北京，小马真的感觉很幸福！其实你们也幸福，吃饱了穿暖了，还有条件离开固城到北京城里旅游了，这……”不等她说完，柯老汉把话抢过去了，说：“马霞女子，我们很幸福，我们小时候吃野菜喝凉水光身子穿一个破棉袄，没有鞋，脚冻得年年淌黄水！现在顿顿清油细白面……”“喀喀，喀，你个老物儿就不要开忆苦思甜会了，我们还是听马霞这娃说吧！”一个瘦脸老汉咳嗽着打断了柯老汉。“对对对，你要是说起来，陈谷子烂糜子，还不得说到明年去！”另一个人附和。柯老汉也不尴尬，嘿嘿笑着把屁股坐踏实了。

马霞这才注意到大家的座位有些情况。柯老汉属于中间靠前，他旁边是那个话不多老是笑眯眯的林姓老婆子。围绕着柯老汉的是几个和他关系不错的老伙计。张自立在哪里？马霞不知道自己为什么要特意寻找他，目光越过很多座椅和座椅头上避孕套一样的白布套子和套子上旁若无人地印着的不孕不育和人流广告，在最后倒数第二排找到了那个身影。他安安静静地坐着，目光贴着窗子，在看外面。马霞猛然记起来了，别人都是三三五五结伴而来，或者有家人相送，都是好一番话别，吩咐，不舍。他是一个人来的。别人都是大箱子，他没带箱子，只有一个淡黄色军用包，一直挂在肩头。马霞在心里迅速估摸了那个军用包的容量，勉强塞得下一套换洗衣服吧。他也太简单了吧，她摇摇头，忽然心里有一点儿隐忧。为什么担忧呢，不知道，真是莫名其妙。

马霞发现自己真的一旦开始了向往已久的带团行程，

她竟然不由自主地就模仿了小戴那一套，她说完了行程注意事项，又详细地强调一路的安全事项，包括火车、班车和景区游览车等，还有返程回来的飞机。整个过程里她学着小戴的样子和口气，用插科打诨的幽默把一车老人逗笑了，气氛已经很有些热烈融洽了。她发现老人就像孩子一样，很容易就兴奋起来，一个个嗓门高了，脸红了，身子乱扭着，这时候有人觉得一开始抢占的座位不好，想往自己喜欢的人身边调换。马霞及时站起来，郑重声明，大家的座位是安全中不可忽视的一个环节，所以从此刻起，这个座位就固定了，以后到了什么车上，都按这个座位坐，不然弄丢了谁，她不负责。

马霞的口气生硬了，脸色也有一点儿严肃。已经换了座位的一面忙着系安全带，一面暗自得意，没来得及换过来的，有些失落沮丧，闭上嘴不言语了。仅仅因为这一点儿小插曲，车里的气氛稍微有了一点儿转变，不像刚才那么热烈融洽了。马霞不急，小戴说过，带一个团出去，就像上战场打一场大仗一样，得有充分的心理准备，不能急，自己不能先乱了阵脚，什么情况都要以静制动。马霞不再和大家厮缠，坐下，喝水，闭目假寐。

在火车站门口，马霞的嗓门高了起来，因为入口处人比较多，乱嚷嚷的，她赶忙指挥老人们拎好各自的行李，排队，拿着票一一过安检，进候车大厅。人多，乱，老人们行动迟缓，不知不觉她就有些慌乱。偏偏中间时不时插进来几个别的乘客，弄得马霞有一种顾了头顾不了尾的感觉。她一遍遍喊着：“‘红太阳北京五日游’的人员往我这里靠拢，进门到靠右处集合。”喊得嗓子都干了。等最后一个人过了安检，马霞发现自己的箱子竟然没了。刚才明明拎在门口的，她一忙就昏了头，小帆布包倒是挂在腰里，大拉杆箱不见了。马霞团团转，司机已经开车离开了，她分明记得拿下来就在入口处的。但是她一着急就又忍不住怀疑自己记错了，会不会根本就没有拿下来，而是忘在车上了。给司机打电话，央求他看一看是不是落下啦。司机在手机里骂了一声娘。他显然不愿意这个时候停车开行李仓检查，但他还是做了，电话很快来了，说没有，车上什么都没落下。马霞急得要哭，恨自己这猪狗不如的烂记性，眼看再磨蹭就要迟到，心一横转身进了安检，想去警务室央求铁道工作人员帮她在广播上找找，说不定谁拿错了。看见柯老汉在前头乱挥手，马霞被他的手牵引着，赶忙直奔自己的团。老人们已经抢占了座位，三三五五凑在那里说话，有人给马霞抢了一个。马霞哪里有心思坐，除了烦恼就是烦恼，才出门哪，就出师不利，丢了箱子。生怕这些老眼昏花的人丢东西，谁知道最先出岔子的倒是自己这个机灵的年轻人。她窝火。箱子里倒是没啥值钱的东西，是些换洗衣服、梳洗用品，可终归是丢了可惜。她忽然感觉自己真的严重缺乏经验，不够老练，这发现让她顿时心情灰暗。她匆匆数一遍人头，少了十一个。左右瞧瞧，三个在右边角落里，两个在后面一排座椅上。三加二等于五，十一减五等于六，还差六个人。

这时候广播通知说“列车就要进站了，请大家做好准备”。马霞顿时知道自己的箱子丢定了，都没时间容她去找工作人员寻求帮助。广播还没停，候车厅里呼啦啦站起来一片人潮。老人们更是孩子一样慌张而兴奋，好像要登上的不是火车，而是宇宙飞船，有人急不可耐了，有人说他还没坐过火车呢，有人说要好好看看火车的轮子……马霞在人丛里乱窜着寻找那六个掉队的，又怕后面这些又丢了。一急，心里火气直冒，只想找男友好好发一通脾气，和他提出分手。穷光蛋，就是因为处了他那个穷光蛋，自己才这么惨兮兮地跑出来带团，富二代哪会让女朋友这么辛苦！

慌乱中马霞脑子灵光一闪，赶忙从最源头的人群里寻找自己的队伍，张自立竟然排第一个。这倒出人意料，干啥都默默无闻的人，排队倒利索。张自立冲马霞咧了咧嘴，说：“你的箱子……”手指指身后。马霞的目光在半空里跳荡着，翻了个跟头，她的心也翻了个跟头。她苦苦寻觅的已经丢了的箱子，竟然在张自立左手里拉着。马霞差点儿冲上去抱住他狠狠亲一口。但他不是男友，她硬生生忍住了，吩咐他进了门别走，在铁道上等着。她急匆匆用目光在队伍里捋，数到最后，二十六个人，一个不少。马霞紧绷的神经这才放松下来，心里说我的一群老祖宗啊，刚才你们都躲哪儿去了呀？害我担心死了！

进了站，23号车厢，马霞赶忙打出旗帜，跑在前头带路直奔23号，还算顺利。她嘘嘘喘着气，自己不能急，先看着让大家上。张自立最前头上去了，他没等马霞帮忙，把马霞的箱子拖上去了。一个老太太说自己不行，箱子拿不动。马霞只能像个男人一样帮她拿。等她把箱子放进车厢，再跑出来，除了张自立，她的队伍竟然齐刷刷地站在车皮下面的轨道边，没一个主动上车的。

“你们要干啥？抓紧时间上车啊——”马霞一着急就想像于老板一样骂娘。可是她哪敢对着这些老人爆粗口呢。老人们竟然扭捏了，集体畏缩着退后，眼巴巴看着别的乘客鱼贯上车。这是干啥？连一贯争强好胜的柯老汉也缩在后面。马霞一把抢过一个人的箱子，心里说都等着我上箱子啊，把我当搬运工使唤啊？人家还是个没结婚的小姑娘呢，家里妈妈从来舍不得让我干重活儿……委屈的热流在心里奔涌。她没时间细想自己这毫无逻辑的委屈，拎箱子和未婚有什么必然联系。不是伤心的时候，23号门口别的乘客全上去了，一个铁道工作人员过来质问为什么还不上，车马上开了。马霞拎着箱子热泪哗啦啦，这时候一个老爷子比她还委屈，说：“我们不会上啊，这台阶咋上？”“就是啊，李大哥说了，火车不好上，万一一脚踩空，就掉车轮下被碾死了！”原来是这句话唬住了大家。马霞恨不能扑上去撕了柯老汉的臭嘴。她一把扯住一个老人：“像上楼梯一样上，很安全的，谁说就会掉下去！”

这个老人战战兢兢地顺利上去了。别人一看真的安全，这才呼啦啦往上挤。现在不用马霞拎箱子，他们自己来。马霞最后一个上去，刚进了门，车门就关闭了，火车喘息着启动了。好险，马霞擦一把冷汗，接着安排大家进入铺位。她一看乱糟糟的场景，直骂自己脑子进水了，给门夹了，被驴踢了，竟然拿一个老年团当作自己的第一次，这哪是锻炼啊，简直就是炼狱。大家乱嚷嚷找不到铺位。第一个隔间里，乱哄哄挤满了人，柯老汉带头，大家像班车一样抢占座位。谁都想要最下面的，中铺、上铺空着。马霞一把从柯老汉手里夺过票，一看心头火噌噌冒，强压着，说：“你明明是三号隔间中铺，你在这里胡缠啥呢？”柯老汉脸色一凉，讪讪地说：“我哪知道呢？”大家这才被提醒了，纷纷看车票，对号找位置。马霞揉揉太阳穴，这些乘车事项她来之前就已经强调过了啊，咋一上车就都忘了呢？一个老太太气喘吁吁地跑来，说：“快快快，马霞女子，打起来了，不好了——”马霞甩开众人就跑，冲到三号隔间，里面果然嚷嚷着。她一进去就安静了，五个她的人和三个小伙子顶牛呢。她扫一眼对方，心里先怯了，竟然齐刷刷是三个黄毛。像电视剧里演的哪国的鬼子呢？她脑子瞬间短路，记不起来了。但是这种人不好惹，最好绕着走。这是身为少女的马霞独自行走江湖累积的安全常识。其中一个黄毛还女孩子一样扎了四个耳朵眼，分别挂着四个形状完全不同的怪异小兽。三个黄毛直通通和老人们干瞪眼，几个老人竟然一点儿都不畏缩，同样气哼哼地和他们对峙着。

马霞一出现，老人们顿时像孩子见了亲人，气势上明显高了，一个老爷子说："这就是我的铺位，我是下铺，你小年轻凭什么霸占？不信你问我们导游，她订的票，她就是证据。"小黄毛嘴巴一咧，斜眼睨了一下马霞，他无声地冷笑："我说老爷子你成熟点儿好不好，我手里的票说明不了问题，你搬来一个小姑娘顶桩啊？哈哈，这世道，老头儿和少女行走江湖，最佳组合啊？！"说着，害鼻炎似的抽着鼻子踏上前一步。身后另一个黄毛很义气地跟上来，大有压死这帮老弱的架势。马霞赶忙向老头儿要票，说对照一下票不就知道啦。老头儿两手一摊，空的。摸兜，他穿的中山装，上下四个兜，摸到了，摸出一包莫合烟叶子，一堆报纸裁成的窄纸条儿，一个打火机，钥匙链上挂着牙签子，还挂了一个小型鞋拔子，独独不见火车票。"嘁，连票都没有还和我争铺位！"年轻人的声音陡然高了。老头子目光直了，团团转，一下蹲在地上就要开箱子在里头找。

马霞赶忙制止："上车你不还拿着吗，没票你能上火车？肯定不在箱子里。”一个声音在身后喊：“这里这里，我捡了一张，就在地上。”马霞抓住票，赶紧对号，果然是这老人的，下铺。她把票伸到年轻人面前。黄毛扫一眼，冷然长笑：“怎么，老的眼睛昏花看不清，年轻人也眼瞎啦？看好啦，你们根本不是这个隔间！”马霞心里暗叫不好，退到门口核对，果然错了，应该是旁边的六号隔间。黄毛当然不肯善罢甘休，比女孩子还细长的手指一直戳到马霞眼窝里，嘴里的烟气直接喷到马霞嘴里来了，他要马霞给个交代。马霞又气又羞，嘴里喃喃做着辩解，但是谁都看得出这辩词很乏力。

眼看对方不把马霞生吞了就不解气，正僵持呢，乘警来了，人群才散了。又是一阵乱。老人们不愿意跟乘警换票，说自己的是真票，万一对方是坏人，给调成了假票，然后半路上自己就会被撵下去，所以拒绝换。马霞只能一边走动一边给大家耐心解释。等换完票，窗外的暮色彻底落下来，两边看出去，世界都黑暗了。马霞抹一把额头湿透的刘海，这才有时间找张自立拿箱子。张自立是中铺，他已经睡了，仰面躺在那里，睡姿端正、认真、沉默。马霞没敢吵他，悄悄拎了箱子，心里说真闷骚啊。不过，要是每个老人都能这么闷骚又能照顾得了自身，那这一趟自己就不会这么操心和辛苦了。

随着火车轮子咔嚓咔嚓摩擦铁轨，老人们感觉到离家逐渐地远了，自己孤单了，心里有些担忧，顿时向马霞靠拢，纷纷跑到马霞所在的过道里聊天。眼看着十二点了还不肯散，说的都是家长里短、鸡毛蒜皮的琐碎事儿，马霞觉得无聊透顶，催他们去睡。当然马霞不能直接说自己烦他们，尽量地婉转，说：“你们年龄大了，早点儿休息，明天还坐一整天呢，需要养好精神。”谁知道一个老爷子带头把胸脯拍了几下，干巴巴的手掌撞得同样干巴巴的肋巴骨嗵嗵响，他说：“马霞女子你别怕，我们这帮老骨头都硬邦着呢，火车这点儿颠簸，根本不会散架！”“是啊是啊，”另一个老爷子赶紧附和，“马霞女子你也太小看我们了，我们可是从大饥荒里挺过来的，饿着肚子打水库修梯田，我们啥苦没吃过，啥罪没受过？熬点儿夜怕啥？我们不是面捏的。”“就是就是。”几个老太太也跟着附和。马霞差点儿就哭了，五脏六腑被巨大的悲催感摧残成一锅糨糊，在肚子里稀里哗啦响呢。她想躺在铺位上玩手机，她想一个人独处，她需要一个人静静不行吗？问题是这帮老人现在完全像一堆孩子，把马霞当亲人了，紧紧缠着，寸步不离，好像他们只有视线里看着马霞，心里才能踏实。

马霞简单梳洗了，蜷缩在铺位角落，一边听着大家说话，一边蒙蒙眬眬小睡。梦里的马霞变成了小戴，正带着一个团出国呢。马霞想这一趟出去要好好看看，回来可以给小田吹吹大牛，卖弄一下国外的见闻。这是个豪华团，游客们富裕，出手大方，她给大家帮忙拎个箱子，说话的时候赔笑脸，尽量嗲着声音显得甜美，很快讨得了客人的欢心，大家竟然争着给她付小费。她收小费收得手都发软了，而且全是美元，上面老美的人头明晃晃印在那里，马霞开心得一直笑，这是撞了什么狗屎运呢，遇上了这么好的团，这样的团一年里带那么三四趟，她的日子就不会那么艰难了。马霞乘着上卫生间的空隙躲在那里数钞票，太多了，小包里都塞不下了。她弯着腰费劲地数，一只手伸过来，她以为抢钱呢，赶忙拼命护，可对方没抢钱，直接捅捅她的腰，狠狠地摇她的头："马霞女子你快醒醒，出事儿啦，你别睡啦——"马霞撒了手，钱落了一地，眼前一阵花，她醒了，揉揉眼，发白的车灯下，几张揉皱的老布一样的脸围着她，"出事儿了，你还有心思睡觉？"

马霞翻起来，迅速把南柯一梦抛到脑后，全力应付眼前的事端。"有人憋不住尿尿，去上厕所，结果出不来了，这都进去四十多分钟啦，不会出啥事儿吧？"一个叫罗爱红的老头儿红着脸说。马霞觉得奇怪，挨个查看人员："进去的是谁呀？怎么能把自己关厕所里出不来呢，打开门不就出来了吗？""是陈美芳，她这进去好半天了，真急死人了。"罗爱红说着脸更红了。马霞顾不上多想，赶忙去厕所找人。身后呼啦啦跟了一群老人，一个个老态龙钟地扭着腿子。马霞拍门，里面果然有声音。马霞说："你开门啊，啥情况你开了门咱见面说。”里面的女人说：“我打不开呀，这门和我家的门不一样，我找不到插销。”马霞说：“你别急，仔细找，就在门口，那个小小的开关，你拨一下就开了。”门抖动着，看样子里面在鼓劲，却一直不开。马霞耐心地给她描述开关的样子，对方就是找不到，急得要哭了。马霞团团转，心里说笨死了。世上有这么笨的人？老人们围观，形势很壮观，气氛也热烈，吵吵嚷嚷的。

一个女乘务员过来了，说：“吵啥吵？当这儿是菜市场啊？”马霞赶忙乘机求助。对方脸色一寒：“你这女儿怎么当的？老人既然生活不能自理，怎么能让她乱跑呢？”马霞哭笑不得，说不清楚，只能装孙子，等她想辙，门却哗啦开了，冲出来一个人。乘务员一看不是生活远远不能自理的龙钟老人，而是五十多岁的妇女，这女人常年参加劳动，身体挺壮实的，乘务员顿时无语，转身走了。老人们纷纷围过来，说自己早就憋得不行，要解手，要马霞带着他们上厕所，因为这个开关他们还是不放心。他们前面看了好几遍都不知道咋用，只有这个陈美芳实在憋不住才偷偷冒了险。马霞只能让他们不用卡插销，轻轻掩上门就可以，自己站在门口站岗，等着老人们一个一个轮流上厕所。就像拉开了一场马拉松，一个接一个进门，出门，喊着要手纸的，然后又问手纸丢哪里，然后又不知道怎么冲。老人们本来就慢，马霞一个一个示范，速度就更慢了。一个小黄毛扭着瘦屁股来方便，看一眼阵势，耳垂上的怪兽剧烈摇摆，说：“把养老院开火车上来了啊？”去另一节车厢蹭厕所了。

马霞忽然心里有点儿愧疚，自己什么都想到了，就是没考虑到老人们需要如厕的，都是乡村来的，没见过火车上的洋厕所很正常。只是让他们憋了好几个小时，真的是自己失职。心里愧疚，就尽职尽责地守护着最后一位上完厕所回到铺位去休息了，马霞自己也进去解手。蹲在那里，明明憋得很急，却没有一点儿尿意。站起来，又蹲下，折腾了半天，忽然心里的委屈明显起来，像一股热辣辣的潮流在奔涌。很想找个人倾诉，扒拉出一串号码拨通，小田睡意蒙眬，说：“你发啥疯呢，人家正睡得香，你得赔我瞌睡。”马霞抹一把眼睛，咬着嘴唇说：“我赔你瞌睡？谁赔我瞌睡呢？哼，还不爽啦，姐查岗呢你咋的？”挂断了。对方打过来，不接，直接摁了。

北京城真正出现在大家视线里时，又一个夜晚降临了。暮色里马霞的声音明显带着长途颠簸后的疲惫。夜晚没休息好也就罢了，白天想打瞌睡也不容易。一帮老人哪里会给她时间呢？马霞趁着天亮后那一时段的一点儿寂静翻手机呢，几个老人手拉手去餐车上观看用餐环境了，因为他们不相信在奔驰的火车上还会有做饭的地方。拿啥烧柴呢？鼓风机在哪里安？烟囱在哪里装？……有人赶来告诉马霞她的团员阻碍了火车上的秩序，餐厅人员很不高兴，要求找乘警罚款呢。马霞匆匆赶去，十七个老人，齐刷刷站在餐车过道里，也不坐，也不吃饭，就那么直眉瞪眼地站着看人家盛饭，吃饭。看得两眼发直，口水连连。就像孩子看到了校门口小摊儿上的垃圾食品，垂涎欲滴。马霞一看八点了，恰好他们的就餐计划中有一餐是安排在火车上的。她赶忙叫老人们找座位坐，没来的去喊一喊，大家就在这里吃饭。罗爱红第一个坐了，摸着屁股下滑溜溜的椅子，觉得不真实，说："哎呀哎呀，活了大半辈子，想不到能在这么文明的地方吃饭。"陈美芳紧挨在罗爱红身边，正用满含赞赏的目光望着罗爱红笑。马霞心里一咯噔，心说这啥节奏，对上眼啦？也太快了吧？

饭后大家兴致高，不愿意在各自的铺位上休息，凑到马霞这里要打牌，小桌子前坐不下，下铺坐了一摊子，过道座椅上又一摊子。老人们耳朵背，生怕别人听不清，所以说话声音大得出奇，整个车厢里都是他们的吼吼喊喊声。乘警干涉了几回，估计也无奈了。那几个黄毛不知道中途哪里下了车。马霞不参与打牌。他们打的是那种十分窄小的牌，马霞从前根本没见过的，可能这是只有老人中才流行的牌。一页一页的牌狭窄得像老太太干枯了的手，正适合老人们的小手抓着玩。大家拉着马霞在旁边看，有时候给评说评说，有时候给接个开水啥的。马霞身子困，脸上一直笑眯眯的。也正是她的好脾气，让老人们有了错觉，以为这姑娘十二分愿意和他们一帮老人待在一起耗时间呢。其实马霞把问题想得很长远，她就算累得咳血，也要把这个团带好，一炮打响，来个开门红，只有这样以后的道路才能顺利走下去。

柯老汉赢了牌，很开心，说："马霞女子是个好导游，我们回去要给你送个锦旗呢。"这话让马霞怦然心动。一面锦旗当然没什么经济价值，却是一种肯定，一个口碑，如果真有人送锦旗，自己在老板面前也能直起腰杆子吧，在旅行社不再是一个可有可无的角色吧。马霞受了鼓舞，像被人打了鸡血，毕竟年轻，顿时就鼓起精神，又陪着大家熬了一天。报站的声音在广播里轻柔地说北京西站到了。大家还没有反应过来，马霞已经接到了当地旅行社的接洽电话。有个地接来帮忙，加上马霞已经有了带团坐火车的经验，下火车分外顺利。很快换乘到旅行社的中型客车里，向着宾馆前进。地接用标准的北京普通话说着旅行社很常见的那一套导游词，马霞听到一半就昏昏欲睡了。

忽然车里一阵骚乱，疾风一样迅速传播了全车。马霞被吵醒了。令她目瞪口呆的是，她带来的老年团成员，除了张自立，大家齐刷刷地全部离座，直挺挺地站立，扒着玻璃，扳着车座，乱纷纷地嚷成一团。

柯老汉的声音最响亮："北京啊北京，好多灯啊，快看灯河，灯的世界，灯的海洋……有一千盏灯吧？"

"嘁，太小气了，一千盏能有这么亮？我看是一万盏！"

“去去去，你才小气，十万吧，这阵势，没有十万盏下不来！”

“你们都那么屁胆子啊，说出来吓死你们，我看有一千万，不，有一亿盏灯吧……”

嚷成了一锅粥。

像一群乡村里的土孩子猛然见到了一火车皮的好玩具。在这乱哄哄的固城方言土语当中，马霞依稀捕捉到一个尖厉的北京话声音在呵斥。和老人们的惊喜、兴奋、疯狂完全不同，这声音带着巨大的愤怒和震惊。卷舌音也变得冷冰冰的，像生硬的铁器在一群狂欢的钟鸣乐声中刺杀进来。马霞瞬间捕捉到了声音的来源，是从司机师傅嘴里喷出来的。她的判断准确无误，驾驶座上那张中年男人的脸斜过来，已经扭曲了，眼睛里喷火，正大声呵斥着。但是老人们高兴得忘形了，在座位上奔着蹿着跳着，苍老浑浊的眼睛被河水一样流淌的霓虹映得亮灿灿的。朽木被烈火瞬间点燃，只顾燃烧，忘了一切。地接小姑娘也傻了，估计在她的职业生涯里也没有见识过一群乡里老人一刹那间掀起的这种疯狂，她捏着话筒愣愣地看着。

忽然一个念头闪电般斜刺里劈过马霞的脑袋，她顿时明白了，赶忙一把夺过话筒，用结实的固城方言喊：“大家快坐倒，不要站起来，不要喧哗，坐回原位，系好安全带，这里不是我们固城，是北京城啊，我们这么站着很危险啊……”

有几个人坐下来了，还有几个根本不听，好像他们陷在兴奋当中难以觉醒。马霞想起小戴说过的话，有时候游客就是贱坯子，不能一直惯着宠着，该剁的时候必须剁，不然就翻天了。马霞没打腹稿，压粗嗓音说："你们也太不像话了，丢人丢到首都来了，你们都这么大岁数的人了，这么不配合不听话，叫我怎么说你们呢？你们给我尊重，我也会用同样的尊重回敬你们，可你们看看你们现在这个样子……"

最后一个站立的老人也坐下了。马霞见好就收，刚收了话筒线，车里一片安静，司机的声音却高起来了，典型的京片子，每一句都带着儿化，但是他的普通话不难懂，固城来的老人们要听懂是不困难的。马霞也没想到这司机这么能骂人，一句一句不带脏字，不用遣词造句，直接就从嘴里冒出来了。他说："这是北京城儿，十多亿人儿的首都，是天子脚下，是中国的中心儿，要是人人儿都来了北京这个样儿，不遵守北京的规矩，随便在车上站立喧闹，那北京还是北京吗？成什么样儿了？到处都是摄像头儿，北京的交警也不像你们小地方儿，可不是吃素的……"流利的京片子满车飞。马霞也被迎头骂蒙了，昏头涨脑的，乖乖听着。老人们心里愧疚，更加听话，一个个蔫了，刚才的兴奋劲儿早就泄光了，两旁灯火如河，波浪滔滔不绝，高楼大厦一座接一座擦着车玻璃而过，没有一个人再说什么。二十多双眼睛默默地盯着外面，眼神疲倦、失落，说不出的沮丧。马霞的心情也一落千丈，忽然感觉说不出的孤单，很想固城，很想此刻在小田身边。

为了调动老人们的情绪，马霞真是没少费劲。从八达岭长城到香山公园，到故宫，尽管有地接讲解，她还是见缝插针地跟大家说话，用固城方言说，中间尽量地插一些老少皆宜的笑话和段子。直到行程最后两天，大家才好像完全遗忘了那晚车上的不快，一个个又兴奋起来。明天去天安门看升旗，马霞特意交代说需要早起，五点必须赶到现场，需要四点起来在一楼大厅集合。因为要早起，马霞把闹钟定在三点五十。感觉没睡多大会儿，门就响了。嘭嘭嘭，有人敲门，把她从梦里直接揪起来。马霞警惕性挺高，隔着猫眼看，竟然是老年团的几个人。马霞打个哈欠，看手机，才两点半啊，以为出什么事儿了，赶忙出来问。几个老人很认真地说："都两点半了呀，不是四点集合吗？"马霞说："是呀，这离四点还远呢，谁叫你们起来的？我给前台说了到时候叫早呢，你们急什么？"几个老汉一点儿都没有察觉出马霞语气里的不快，兴冲冲地说："要去看天安门啊，我们心里高兴，一高兴就眼睛干巴巴地睡不着了嘛，睡不着还不如早早起来做准备，反正我们老了的人行动要比你们年轻人慢得多嘛。"马霞哭笑不得。心里说你们也不能这么早就连我也一起闹起来给你们陪绑吧。退回去想再眯一会儿，远远听到楼道里有笑声，哗啦啦的，还有说话声、脚步声。她不放心，跑出来看。

越往前走越往下看，马霞又想笑又想哭，她带出来的游客们，竟然都起来了，除了不睡觉，还将房门大大敞开着，大家走来走去串门子，一个屋聚不下，挤两个屋，甚至把龙门阵摆到了楼道里，搬出小沙发来，喝茶、聊天、打牌，其乐融融，完全是一副农家乐的样子，简直是把老家农村人的日常搬过来了。

马霞知道这一排楼道里除了自己人住宿的十来间屋子，另外还有别的宾客呢，这么大半夜的吵吵，影响了人家休息责任谁担呀。她可担不起，赶忙求大家快进屋，关上门闹好吗。一直话不多的王老汉忽然拧着脖子，说："咋啦，我们掏了钱住店，这屋子就是我们的，我们想睡就睡，想坐就坐，想开门就开门，难道连这个也干涉，北京人也太霸道了吧！"马霞笑得肚子疼，心里说这你可真冤着北京人了，人家北京人才不会出来住宾馆呢，人家有的是舒舒服服的四合院儿。还不到四点，马霞就赶忙带大家下楼集合了，免得继续影响别人。

最后一站是毛主席纪念堂。马霞事先没有说，大家也没有注意到行程加了一项，现在马霞说出来，她担心有人有意见，奇怪的是没有一个人提出异议。马霞将进入纪念堂的注意事项重复了好几遍，因为这是"红太阳北京五日游"最后一个旅游景点，所以希望能善始善终，圆满收官。意外的是大家都很高兴，纷纷说马霞这个景点加得好，能看到毛主席，真是意外的幸福。马霞说："这也是我们这趟旅游的最后一个点，明早我们就告别北京回去了。希望大家珍惜时间，遵守纪律，维护好我们这个老年团的良好形象，给此行留下一个最美好的晚年回忆。"

可能"晚年回忆"这词儿戳中了老人们心里的某一个点，大家都很听话，忽然由调皮捣蛋的孩子全部变成了乖孩子，排着队鱼贯而入。时间很紧迫，游人如织，尤其在水晶棺前面，只能边走边瞻仰。尽管有人想停下脚步多看一眼，但是后面的人推着，站岗的警卫盯着，没有人能特殊到停下脚步多看一会儿。马霞也是第一次进展厅，但哪有时间容她仔细去看呢，她要忙着照顾自己的成员呢。马霞想起小戴的话，说当导游就这么悲催，别人欣赏美景的时候，自己是背景；别人美美地拍照的时候，自己往往是义务摄影师；别人尽情购物的时候，自己可怜巴巴地盼着多购点儿多购点儿，自己好多拿几个提成。工作把人搞得不像正常人了，看到人和景不能用正常人的目光去看待了。马霞想，等有一天姐挣了大钱，姐一定带上小田，我们俩快快乐乐地玩一趟北京，纯旅游纯休闲，绝不像现在这么苦哈哈地身不由己。

人群里出现了不正常。不是那种突然涌现的喧闹或者动乱，而是不知何时突然静止了，好像时间凝固了。一种静得异样的气氛在快速弥散。马霞第一反应是出事儿了。又是啥事儿啊？她赶忙在人群里寻找自己的团员。刚走过去的十五个，正排着队，有秩序地在前头走。赶忙看后面，她已经感觉出来了，事情出在后面，后面有十一位她的团员。这一刻她没想别的，唯一渴望的是大家都好好的，顺顺利利地跟着自己走完这一趟，一个个完好无损地返回到各自的家里。到处都是人。这里一进来就要求肃穆庄严，禁止喧哗，自然也没有人素质差到会在这里闹出什么响动。此刻，人挨人，人挤人，在人的身体的丛林里，马霞有一种强烈的置身旷野的感觉。好像人群在同一时刻都消失了，那些轻轻移动的脚步，那些收敛的呼吸，那些压制的感叹，那些衣袂的摩擦，那些皮肤上散发出的温热，好像都在这一瞬间停止了。有一种什么巨大的力量，将这一切一刹那间震慑住了。

她发现只有自己还在动，掉头逆行，在找人。而身后所有人都静静伫立，望着最中心的位置。究竟发生了什么事儿？为什么会突然这样？她忽然很担心，是不是自己带来的老人，毛手毛脚又闯什么祸了？损坏了文物？没遵守规定？还是……她在人丛里挤。幸亏马霞瘦，苗条的身子像一尾鱼，游弋在静止的人河里。她游啊游，短短数步距离，她出了一身汗，感觉像穿越了一个漫长的梦境一样艰难。人都静立着。迎面看到站岗的警卫们，他们竟然不是刚才她看到的那种垂手肃立的姿态，而是全部举起了手，在敬礼。齐刷刷的，标准的军礼，目光齐刷刷地盯着一个身影。就在人群里，有一个人赫然独立在众人之前，一身布满褶皱的军衣，看样子很少穿，只有今天才换上，奇怪的是他也举起了手，右手高高地举到了齐眉处，腰杆上挺，两腿蹬直，也在敬礼，分明是一个十分标准的军礼。

咦，这人咋这么眼熟呢？马霞的心差点儿从嘴里蹦出来。这不是张自立吗？这个一直沉默不语的老头子，这是在干什么呢？这里这么多参观的人，为什么警卫单单要对着他一个人敬礼呢？马霞往右边挤两步，从侧面看，看到了张自立的脸的侧影。他在哭，能看到明晃晃的泪水顺着脸颊往下滚。马霞想到了固城老家人常用的一个形容词儿，说眼泪多得像捏菜水一样，指的是刚从水盆里捞起来的焯过的青菜，这种菜湿漉漉的全是水。马霞有些疑惑，一个老成那样的人，身体干瘦单薄，他的体内哪里储藏了这么多的水分呢？是什么力量让这些水分在极短的时间里全部涌了出来？居然一点儿也不浑浊，一颗一颗闪着清澈的光泽。瞻仰主席遗容的人，好多都会哭，望着水晶棺默默地流泪，马霞刚在前面就看到了几个。可是张自立，他怎么会哭呢？要哭也应该是柯老汉那样的人哭啊。马霞被自己的逻辑纠结住了，在她的思维里，容易动情、当众哭泣的人，更应该是那种爱说爱笑善于表达情感外露的人，这样的人说哭就哭了，说笑也就笑了。像张自立这么木讷内敛的人，怎么忽然就哭起来了呢？就算是悄悄流点儿泪，也是可能的，问题是他怎能就这么气势浩大地哭上了，还引来全部的警卫员给他敬礼？

马霞觉得自己这二十来岁的人生经验不够用了，她有些艰难地摇摇头，她知道此刻不是表达惊讶和疑惑的时刻。她克制着巨大的震惊和好奇，无声地往前头挪动。她需要证实自己不是幻觉，这个引起全场敬礼并肃静，让全场参观停止，仿佛让时光的脚步也一同停了下来的人，不是别人，不是某个名头震天的大人物，而是张自立，她这个刚从业的小导游从偏僻落后的固城，不远千里带到京城的一个老年团中的一位最不起眼的老人。

人都在静止。马霞像穿越在潮湿丛林中的软体动物，她终于游弋到了想到的方位，她从侧前方打量那个疑似张自立的人。这回看得很清晰，果然是张自立。那身皱巴巴的军装的胸口上，从领口到胸部，到肩膀，挂了一大片奖章和袖章。马霞只恨自己平时没有花费时间和精力去学习和了解军人的奖章和袖章，所以她一个也看不懂，圆的、带棱角的、带绶带的、红色的、金黄的、淡灰色的，一个挨一个挂在那里。马霞不是笨蛋，这一瞬间她明白了，张自立之所以受到这样高的礼遇，就是因为他身上挂着这些物品。这些物品代表的意义她看不懂，但是警卫员懂。难道张自立是……当过兵？老兵？抗战老兵？马霞翻腾着自己那空荡荡的可怜的小脑子，她再一次感觉到没好好上学，没上个正规大学的遗憾。她对中国近代史尤其是抗日战争和国共内战，记得一塌糊涂，根本就没学明白。她这人肯定缺乏历史细胞，一看到纪年朝代一类的词儿就脑子缺氧般犯困，所以高中分科时坚决选了理科。

她逼着自己重温初中学过的那点儿历史知识，恨不能把脑子掏空了。张自立是抗日战争老兵呢，还是朝鲜战争老兵，还是上过南线战场？反正从他这半胸膛的奖章绶带就可以判断，他一定有着很不寻常的经历。可是，可是这么一个大人物，居然一直悄悄隐没在她的老年团里，在二十六个老人中他可是最不起眼最不爱说话最让她这个导游省心的一个客人啊。会哭的孩子有奶吃，这话用在一个导游的身上不准确，但是马霞确实把更多的精力和照顾分配给了那些调皮、好动、事儿多的成员。这个张自立，除了上火车时悄没声息地替她拿过一次箱子，以后就再也没有怎么和她打过交道。坐车、吃饭、分配客房，他都不争不吵，你怎么安排他怎么服从，不迟到，不掉队，不随意乱跑，特省心，所以马霞后面这几天简直就把他给忘了。除了分发房卡的时候，会想到还有这么一个人，其余时间真的很少注意到。谁能想到呢，这个人竟然跟余则成一样潜伏了一路，那些圆的、半圆的、短的、长的奖章和绶带，他都藏在哪里呀？还有这一身衣裳呢？他悄没声息的，哪里来的时间和空间换的衣服？他没带箱子，就一个小军用包。哦，记起来了，他一路总是紧紧地把那个小包抱在怀里，车上睡觉的时候也抱着，好像那里面有一个婴儿需要他呵护，原来他紧紧呵护的内容正是这些，真是难为他了呀。马霞感觉眼睛周围的肌肉在发紧，在不由自主地抽搐。

人群中骤然降低的温度又缓缓回升，随着一阵轻微的哆嗦掠过全场，那种特别震慑全场的肃穆消失了，马霞感觉到气氛回到了从前。果然，那些警卫们敬礼的手全落下来了，重新垂落在裤缝两边。张自立转身往前走了，他已经和每一个来这里参观的游客一模一样了，一样的步幅，一样的身影，他被人流裹挟着往出口走去，如果说唯一有什么不同，那就是张自立的脚步有些急促，有些踉跄。马霞快步追上去，人太多了，等她从人流里挣脱出来，赶到门口，张自立已经走出了纪念堂。他正在一颗一颗地摘那些挂在胸口的东西，他脸上的泪痕还在，斑斑点点的，新鲜得像刚淋过雨的一片老树林。马霞这才第一次注意到他的手其实远不是自己一开始感觉到的那么年轻，那是很老很老的手。右手在一枚一枚摘取，左手接过迅速装进怀里的小包里。马霞忽然不忍心上前打扰，她觉着这个老人像一个摘果子的老农，这一刻，就让他独自享受收获的艰辛和充实吧。

马霞知道老年团其实就是一个正在大踏步奔赴死亡的团，因为团里每一个人都上了岁数，生命都已经开始倒计时了，他们旅游的心态是趁着出门的这一趟，尽可能多地把这辈子没见识过的世事见识一下，所以这趟出游自然选择的是单卧单飞。离京的飞机上，广播里刚刚宣布卫生间可以使用，马霞就一个一个带着老人上厕所。打开门送进去，指导他们怎么用，然后关上门在门口等。然后替他们冲洗。然后搀扶回座位上，再要一杯饮料让他们享受。林老太太说她不想尿，马霞在她耳边轻轻说："机会难得，你不去看看飞机上的厕所啥样儿吗？"老人听后乖乖起来跟上她走。

马霞有意把张自立放到了最后一个。当她想要搀扶他走的时候，他轻轻甩开了她，他自己走，脚步稳健、轻快。但是上完厕所返回的时候，他主动把一只手搭在了马霞的胳膊上。马霞心里一抖，她忽然无比紧张，手在颤抖，她觉得自己架起来的不是一位清瘦老人那轻飘飘的胳膊，而是一把浸透了岁月锈痕的大刀。她知道他身体素质好，自己的搀扶也就是个样子，所以她一点儿劲儿都没使，就那么虚虚地抬着。但是这个胳膊竟然越来越重。短短数十个座位的距离，马霞像穿行在一条看不到头的隧道里，她已经是两个胳膊在一起拖着这老人了。他慢慢地把全部身子都斜过来，压向了马霞，临倒地的时候还把一口含着黑色血液的秽物喷在了好几个乘客的身上和脸上。

马霞终究还是离开了金凤旅行社。老年团是顺利带下来了，二十六个老人，她带出来，又一个不落全部带回了固城，也很快收到了锦旗。送锦旗的不是柯老汉，而是罗爱红和陈美芳，两个人拉着手，两张老脸上喜气洋溢，好像年轻了好几岁。他们要结婚了，说感谢马霞女子，感谢“红太阳北京五日游”，给他们创造了认识和恋爱的机会。马霞呆了呆，想说祝你们白头偕老百年好合，嘴里却鬼使神差地冒出来另外一句话：“林老太太呢，柯老汉呢，他们还好吗？”她知道林老太太是单身，柯老汉也刚殁了老伴儿，一路上柯老汉对林老太太的殷勤谁都看得出，所以她一开始就看好他们，觉得他们可能有戏。陈美芳只是笑，罗爱红叹一口气，说：“世上有些事儿，要边走边看呢，有时候走着走着就不是刚开始的样子了，就变得不好说了。”

马霞看着这一对晚年恋人互相搀扶着远去了，心头一阵迷茫。她倚着电脑桌子痴痴发了会儿呆，毅然站起来清除了自己在电脑里留下的与工作无关的一切痕迹，比如 QQ 号，比如私人邮件，然后把那面锦旗卷起来装进包里就离开了。她知道自己离开的原因，小戴新马泰之行一回来就跟于老板闹别扭，递交了一张电脑上下载打印的辞职书。于老板把屁股沉在椅子里玩了两个小时的在线网游，好像终于下了决心猛地站起来，椅子陡然失去负重，弹簧嘎嘎叫着，丁老板将辞职书撕成碎片撒进垃圾桶，说：“从现在起，马霞你半年内不许带团，你严重缺乏经验，这次老年团成员是你做主招进的，你怎么不考虑那个张自立的年龄呢？都那么大了，严重超出了我们规定的范围，身体又带着重病，这万一要是路上死了，责任你负得起吗？我看你需要继续学习锻炼。”

马霞埋头想了很久，关于张自立，确实是她疏忽了，那个老人看着身体瘦点儿，但是行动挺轻快的，谁知道他竟然隐藏着那么重的疾病呢。好在是活着回来了，他家人也没来找啥麻烦，倒感谢旅行社帮老爷子了却了晚年的心愿。这么考虑，马霞的疏忽不是啥大错啊，至于这么被封杀吗？其实不用怎么费力，马霞就把前后关节想通了，她不是笨蛋，她明白老年团北京之行，成就了她，也毁了她。这次独立带团，让她看到了自己的实力，也让小戴感到了威胁，小戴的辞职，是以退为进，软刀子扎人，没有刀光剑影，但还是有人会倒在刀刃之下。只要有小戴在，只要小戴和于老板的那层暧昧一直持续，金凤旅行社哪个女孩儿都很难成长为台柱子。只是她一直有个疑问不得其解，那天小戴在电话里究竟跟于老板说了什么，才促使于老板下决心让自己带了老年团的。如今看来，就是问，小戴也未必会说实话。这种情况下再苦苦追问，有意义吗？已经没有了。马霞走出旅行社门口，小戴赶出来，手扬着，估计是想拉马霞的手话别，马霞闪了一下，没给她机会。小戴也不尴尬，纤纤小手在空气里悠扬地飞了飞，说：“马霞，祝你幸福。”

离开金凤去哪里呢？凭马霞现在的实力，在固城随便哪家旅行社找一份活儿不是问题，可马霞还是觉得有那么一点点的失落，她边走边仰头望着深秋高空里的太阳，毫无来由地回想起和老年团在一起的点点滴滴，一边想心事一边信步走，竟然一直走到了市区边沿的白马山脚。深秋正是野菊开得旺盛的时候，白马山脚的荒地里尤其茂密，一大片一大片的，把一片山岗映得黄灿灿的。马霞绕过花岗岩拱门上“白马山烈士公墓”几个大字，弯腰专心地折野菊，很快折了一抱，用猴皮筋扎起来，扎出一个一个圆圆的笑脸，她捧着这些金灿灿的笑脸绕着山脚一直走，走呀走，把太阳都要走下山了。最后她把笑脸一个个摆在拱门下，对着它们笑了笑，望着拱门里一片漫长的山坡和山坡上密密麻麻的石碑，说：“我代表你们一个姓张的老战友来看你们，花儿送给你们了，他的问候也送到了。”然后转身往闹市区跑去。奔跑中马霞又一次记起最后一次见张自立的情景，那是在固城市医院重症监护室，胃癌晚期的张自立浑身插满管子，意识却清醒，望着马霞慢慢睁开了眼。马霞当时想给他笑笑，但是张自立比她快，他忽然抬起了右手，向着马霞来了个军礼，那是一个歪歪斜斜却无比认真的军礼。

一 抹 晚 霞

一群鸟儿从眼前飞过，飞着飞着呼哨一声紧凑的队伍散开了花，好像它们每一个身影都膨胀了起来，颜色也在一瞬间变深了，一大片都是黑泱泱的，散入崖根下那棵青杨树的伞状枝丛里去了。舍巴尔奶奶坐在廊檐下洗小净，准备午后祷呢。提在右手的壶里倒出一股水，左手心掬捧着，满满接了一把。放下壶，又倒回到右手心里，再从右手倒回到左手里。清亮温热的水在两个蜷成碗状的手掌间来回传递流淌，一小半从手豁缝里滑出，溅落一片。她忙忙地并拢了两手，举起来一起往头上摸去，需要从前额沿正中间一直往后摸，摸到后脖子再分开两手，分别从左右滑回到前面来。再分别沿头发畔滑到耳朵碗里，轻轻剜一下耳朵碗，再从耳朵背后顺耳根滑落下来，嘴里同时念着清真言。

这一套动作舍巴尔奶奶做了一辈子，从九岁那年母亲教她正式开始换大水开始，这几十年里再也没有间断过。洗大净，洗小净，都要扯这样的曼斯尔，是大小净里必不可少的一项重要环节。也正是这个环节，让人感觉洗大小净是有难度和神圣的，不是什么人随便都能做到的。太小的娃娃就做不好，他们两个手的十指太柔软，擎不起那一掬清水嘛，不等送到头顶上，手心像漏勺，已经把水给漏光了。娘说九岁的女子娃，已经担上番热则的担子了，就不能再刨浑水了。娘手把手教她洗大小净，当时她两只小馒头一样肥嘟嘟的嫩手怎么也掬不住水，试了好几回，一股水刚从左手换到右手，手心就空了。娘把她的手指头捏住往一起扳了扳，说："太软了，这手没骨头吗？"可是怎么能没骨头呢？她用柔软的小手认真执着地做出了一个软绵绵的动作。那时候心里恨自己，怎么就长得这么柔软了呢？像滚水锅里随着水流摆动身子的软面条一样。

现在，她举着两只手，费劲地往高抬。她愣住了，因为她蓦然发现自己再也不能像少女时候那样把双手举到头顶上动作柔顺地滑向脑后，翻手，滑回来，再滑向耳朵背后。一片阴影忽然盖在了心头上，她的吃惊远远大于九岁那年无法掬起一捧水的时刻。她抬起手细看，水慢慢地渗光了，一双手孤零零地举着。她从这双手上看到自己老了，切切实实地老了。四十岁开始的腰酸腿痛，五十岁出现的耳鸣眼花，六十岁刚过，干什么都不由自主地变得慢了下来。这些衰老的迹象都是一点儿一点儿出现，一寸一寸加深的，她慢慢地接受了这样的变化，适应了这种年老的特征。但是在她的内心深处总是保留着一个固执的念头，她不老，还没有真正变老，那些随着身体呈现出来的外部特征，都是一种假象，这些假象综合到一起，组成了一个人已经很衰老的迹象。但是在她的内心，她一直觉得自己依然年轻，擀出的面条还是很筋道，蒸出的花卷暄腾腾的。

可是，这个下午，坐在北房台子上面对着落日洗阿布黛斯的舍巴尔奶奶，她发现自己的手抬不起来了。她像过去重复了几十年那样，不急不缓地做着那一套早就烂熟于心的步骤：洗手，净下，洗手，漱口，呛鼻，洗脸，洗胳膊，接着是扯曼斯尔。当她擎着手往头顶上抹去的时候，她发现右胳膊僵住了，怎么也举不到高处，好像有一股力量在暗地里扯住了胳膊根，让这条胳膊沉重无比。咦？一捧水眼看着在手心里很快凉下去了，手却还是举不起来。她胀气了，心里疑惑今儿是咋了，饿过头了没劲儿吗？

于是心一狠，手终于抬高了，水却顺着手腕唰啦啦流了下来。两只手总算是摸到了头发缝子，可是手心里空空的，水早就流光了。她坚持空着手扯完了曼斯尔，然后把手放在眼前观看，一种茫然的情绪不知何时已经占据了内心。“我的手，咋了？”她喃喃自问。正是在这时候，那一群鸟儿从眼前扑闪了过去，一片黑色撞入眼帘，视线顿时暗淡下去。鸟群很快划过去了，亮色重新在眼底恢复。她却呆呆地坐在小板凳上，壶斜了，一缕水从壶嘴里欢快无比地往外奔流，汇成了一道小溪从台子上滑下，在院子里的尘土上淌出一道细长的小河，小河留恋什么似的，在原地宛转出一个小弯儿，然后从大门槛下的窄缝儿里钻出去了。

“我的胳膊，咋了？究竟咋了？”她不甘心，再倒一点儿水，试着再往头上举。举到了肩膀之上，停住了。再努力上举，不疼，木木的，还是有一股力量在暗处扯着，整条胳膊都是僵而硬的。她干脆提起壶，看着最后一点儿水流出壶嘴，被泥地上的尘土缓缓吸收。一团闹声叽里呱啦响，把整棵青杨树要连根拔起来一样，她站着，一脸痴情地望着青杨树。

树是大儿子栽的。十年前儿子全家要搬去新疆了，临出门他栽下了一棵树。当时她笑儿子，说：“栽哪里不好呢，偏偏栽崖根下，被土崖死死地碍着，根本长不大嘛。”儿子不听，偏偏栽在那里。小儿媳妇娶进门，爱洗涮，一洗就是一大堆，花花绿绿的衣裳一搭开就是满满一绳子，就像开了一铁绳子的杂花。湿衣裳重，一根木桩子被拉断了，小儿子懒得挖坑栽桩，儿媳妇干脆把晾衣绳拴在了青杨树上。从这以后，只要挂满一绳子湿衣裳的时候，她的心里就闷闷的，有点儿不高兴。湿衣裳太重了，把绳子拽得一个劲儿向下弯，一天一天，那棵小树长大了，长粗了，可身子像个残疾人一样，腰身向一个方向弓下来，长成了一个趴腰。她提醒过儿媳妇，说："树是活的，那么重的负担，被细铁丝勒着，肯定像人一样疼呢。"她的意思是你们换一个木桩，把那树解脱开吧。儿媳妇性子急，嘴巴快，不等她说完，就把话头抢了过去，哧哧一笑，说："妈你也太心善了吧，一棵树也知道心疼，不就是棵树嘛，还娇气得不成了？笑死个人了！"儿媳妇就这样火暴暴毛躁躁没心没肺，但是也不好惹。她犹豫了几次，想乘着儿媳妇不在家的时节，自己把那铁丝从树上扯下来，栽一根木桩。她拿着铁锨头挖了几下，院子里的土很瓷实，她根本挖不下去，这事情只好悄悄拉倒了。

自打小儿子两口子搬到镇上开饭馆以后，那棵树就彻底解放了，再也没有扎扎实实搭满过一绳子衣物。她和舍巴尔爷爷的衣裳少，也洗得勤，有两件就洗了，不会像儿媳妇一样攒下一大包才乒乒乓乓地拉开摊场进行大战。长久不再承载重压，铁丝绳子整天在风里晃来晃去，风大的时候竟然能发出呜呜的鸣叫。暖和的时候，有麻雀站在上面，干巴巴的肉红色小爪子灵巧地攥着铁丝，小脑袋在脖子上的羽毛丛里一伸一缩地弹动，玩够了还会把白色的屎拉在绳子上，时间长了，那些雀儿粪斑斑点点的，像铁丝绳本身长出了斑纹。绳子空闲，树的腰竟然慢慢地长直了，沿着崖根往上长，绳子勒过的地方肿瘤一样粗壮出一大圈儿，枝叶也比过去茂盛了许多。

感觉不到风来了，树叶子却哗啦啦抖索起来。舍巴尔奶奶凝神看，叶子一片片翻动着身子，露出躲在淡黄色叶片之下的那些捣蛋的鸟儿，一个接一个的小脑袋露出来了。她有点儿吃惊，这不是麻雀吗？一只，一只，又一只，全是麻雀啊。那怎么自己刚才看到一大片黑影子从眼前擦了过去？她揉了揉眼窝，再看，看见的还是麻雀。有三十多只吧，正乱纷纷地挤在青杨树的各条枝杈上和叶片下，碎舌头女人一样快嘴利舌地争吵着什么，你叽叽叽，它喳喳喳，谁都不相让。像要用舌头把对方给骂死，骂得从树上掉下去。她又揉了几下眼窝，人老了，眼窝子好像也变深了，干巴巴的，大手擦过，粗拉拉的，有点儿疼，有点儿涩。秋风凉，脸上刚才洗过的水印子早吹干了，眼仁儿好像也干了。她闭上，睁开，再看，还是一群麻雀在那里召开一个热闹无比的会议。

一阵扑沓声从后院传来，舍巴尔爷爷拖着很不利索的腿子出来了。“哎呀，你快看，那树上是啥？我刚才明明看着是鸦儿，咋一转眼又都成了麻雀？”这句话到了结尾处，她的声音变得细细的、尖尖的，像女子娃一样，不知不觉就带上了撒娇的味道。话已经说出去，她愣住了，把刚才的语调回味了一遍。又一次愣住了，我这是咋了？啥时节说话变成了这个调调儿？打年轻时节就从来不是这样啊。而且她最见不得那种把自己装得娇气得不行从而想方设法给男人撒娇的女人。那样的行为，她做不出来，她一辈子稳重。这样的一个稳重的女人，娶来三个儿媳妇，帮她们拉扯了八九个孙子，七十岁了，咋忽然就变得这么娇气了？啥时间变化的呢？她努力回想着，心里又多出另外一份不安。不会是儿媳妇在的时候吧？哎呀，万一叫儿媳妇看进眼里听在耳内呢，那可真就把人丢大了，不知道娃娃们在心里咋偷着笑呢，肯定在暗笑这个当婆婆的不稳重。这念头让她坐不住了，决定从现在就改过来，找回从前的那个稳重的自己。她故意粗着嗓子说："你究竟看清楚了吗，咋不说话哩？"

舍巴尔爷爷不耐烦了，说："明明是麻雀嘛，你好好地作啥怪哩？哪里来的黑鸦儿呢？天气凉了，黑鸦儿不知道躲到哪里去了。"说着进去给自己灌了一壶水，他也得洗阿布黛斯了。

她懒懒地进屋再掺一壶水，重新洗小净。刚才那个肯定没洗好，不能算数。礼拜呢，可不敢有一点点的马虎。一切从头开始，洗手，净下……又到扯曼斯尔了。她觉得心悬了起来，一缕气聚在心腹下面一个看不见的地方，软软的，涣散了，提不起，聚不拢，悬悬的，明明满着，又空荡荡的。要是还够不到头顶，咋办哩？这念头像一条恶毒的细蛇迅速无比地蹿出来，将火红的舌芯子扑哗扑哗地闪。手不由得抖了起来，手碗儿也不圆了，一股水刚倒进去，顺手豁缝渗得不留一滴。她咬着牙花子，狠狠地再倒一股水，两只手以最快的速度互换清水，然后并拢，往头顶上抹去。一股热流顺耳鬓洒落下来，眼泪也跟着下来了。一片惊心动魄的影子落在心上，她验证了一个事实，颤抖着声音说："老物儿啊，我的手不行了，够不到头上去了。"

被她一辈子称作老物儿的舍巴尔爷爷没应声，他正在手心里捧了水，要扯曼斯尔了。他紧绷着嘴，嘴角周围胡须的空隙间露出来的松弛的肉皮好像被扯紧了。他有些夸张地把两个老手往上举，她这是头一回很认真地注意看他洗小净。她呆了。他的两个手，像两个破得没办法再破的布鞋底子，笨拙地叉开着，安装在一对干撅撅的木杆子一样的胳膊骨上。胳膊骨上的肉皮松松地垂着，给人感觉那只是谁缝裹在一根木杆子上的一层灰布。现在布旧了，松弛了，上面杂乱地分布着破补丁一样的褐色脏痕。

这两只手曾经很粗健有力，记得两个人成亲的晚上，耍床的挤了满满一炕，那些毛头小伙子闹腾着要掐她挤她，他两手叉开，身子像一堵墙，硬是给她挡住了所有的攻击。它们在她的脸上、身上抚摸过，坚硬的粗犷有力的男人动作，想起来至今都叫人脸上滚烫滚烫地烧啊。那样一双铁叉一样的手啊，竟然老成了这样，而她竟然一直没有好好地留意过。他终究没有把一捧水举上头顶，看上去他的胳膊比她的还要僵硬，只到达耳朵上方就停止了，两个老叉子笨拙地碰了一下，折向后面，动作笨得让人看着心里着急，脖子费力地折下来配合手的动作。一个曼斯尔算是扯完了。他停下来，张大嘴巴喘气，脸憋得青紫。她长嘘一口气，觉得这个观望的过程比自己扯一个曼斯尔还吃力。

舍巴尔爷爷喘匀了气息，弯下腰开始洗脚。他没有留意女人一直在不远处看着他。肿胀变形的手在粗大的老脚板上抚摸着，水簌簌流淌，溅出一片碎碎的水花。舍巴尔奶奶埋头看看自己的手，重新倒一股水，模仿着丈夫的样子开始扯曼斯尔。有点儿吃力，但是完成了。就在这个过程里，她知道自己又接受了一个事实，她又老了一步，手再也够不到头顶上去了。

舍巴尔爷爷的一双老手真是不中用得很，编辫子的时候，总是把舍巴尔奶奶扯疼。舍巴尔奶奶闭上眼忍着，要是在过去，她肯定早就一把夺过梳子来自己梳了，哪里用得上这笨手笨脚的大男人来帮忙。现在不行了，自从手抬不起来扯不出一个干脆利落的曼斯尔，也就无法举起来够得着头顶上的头发了。尤其头发缝儿怎么也分不清，她尝试摸着去分，越分越乱，乱成了一团烂毛线，只能让他来帮忙了。这天下午的另外一个事实她隐瞒了丈夫，她的眼睛猛然不行了。自从那一群麻雀像乌鸦一样黑压压飞过去之后，她觉得眼仁儿上像蒙了一层什么，她能清晰地感觉到这层东西不厚，也不结实，好像是大雾天的一片雾，又像是刚揭开的蒸锅里的一层水汽，轻飘飘浮过来，遮住了视线，这让她想起年轻的时候搭在头上的纱巾。那种纱巾薄薄的，如果蒙在眼睛上，眼前的一切都笼罩在一个薄薄的模糊的有色世界里，红纱巾之下看什么都是一片朦胧的红，黄纱巾下所有看到的东西都浸透在一片毛茸茸的瓠子花的颜色里，现在这眼前头就是蒙了一层黑纱巾啊，看啥都灰沉沉的，镀了一层陈旧的颜色，好像这个世界一下子就老了。老了的不光是她和丈夫，还有秋天将落的叶子，这座院子里四平八稳地坐在地上几十年从来没有挪动过一步的张着黑洞洞大口的那几孔老窑洞，土崖上分布的那八九个蜂窑，垂下来挂在崖畔上的老冰草、老蒿子，这些都旧了、老了。这是可以接受的，它们像她和舍巴尔爷爷一样，互相陪伴着度过了将近上百年的时光，实在没有不老的理由啊。

第二天早晨，她像过去几十年养出的习惯一样，站在墙豁口上看东边，早上刚升起来的日头从来都像人刚睡了一夜一样，显得精神头十足，尤其有露水的天气，日头总是像刚刚洗过了脸，眉目间散发着新鲜与清亮。她总是喜欢站在东墙豁口上望日出，顺便把全庄子都打量一遍。她常常看到起得最早的麻老汉在沟对面的自家门口，脱了鞋一边在门槛上磕，磕出一串梆梆梆的声响，声音从沟对岸传过来，力道减弱了，余音空荡荡的。她抿着嘴角无声地笑，这个老汉就是个早公鸡，七十多岁了还不肯歇缓，总是庄子里起得最早的一个，也是最早出门干活儿的人。看看，那一群羊已经在他的吆喝下跑出门来，要到秋收后的山洼上啃秋草去。麻老汉的咳嗽声远没有当年那么清脆了，总有一口老痰卡在嗓子眼儿里，他走几步咳嗽几声，走几步又弓着腰咳痰，咳嗽声软塌塌脏乎乎的，听得舍巴尔奶奶自己的嗓子也跟着痒起来了，她抬手去抠嗓子，然后试着往头顶上举。手在半空里停下来了，睡了一夜，它们没有恢复从前的柔软，在耳朵那里徘徊不前，看来真的再也无法举到头顶上去了。她像个不甘心认输的娃娃，明明昨天已经知道了结果，今天还是忍不住要再确认一遍这让人沮丧的结果。右手在清晨带着凉意的空气里犹豫了一下。一大团褐色的薄云像一堆脏棉花，包裹在中间的日头像一枚鸡蛋，这枚鸡蛋也是旧旧的脏乎乎的样子。她用手揉眼窝，揉下了两颗泪，是浊的，黏黏的，不像水，像一滴油。狠狠地眨巴几下眼，慢慢睁开，那团雾纱还在，蒙在眼仁儿上。她干脆用指甲去抓，心里说我干脆把这层子纱给揭下来算了，揭掉了眼睛肯定能清亮一点儿吧。粗粝的手指头蹭在眼仁儿上，一束疼痛有些迟钝地穿过了薄纱，渗透到眼眶深处来了。不能再揉了。她试着往远处看，那层雾纱还是存在，粘在肉上的老茧一样皮实，扯不下来。还能有啥办法哩？只能让它蒙着了。她试着习惯这层纱，透过薄纱去看世界，山梁梁、土坎子、树、草、秋高粱，对面的麻老汉和他的羊群，什么都是灰苍苍的，还是那么旧、那么暗。一股凉气从脚跟上升了起来，穿过常年鼓胀的肚子，从一口因为脱落得严重而戴了假牙套的嘴里舒出来，在这个并不漫长的过程里，这口气被她暖热了，本来是一声叹息，等到从口里吐出来，化成了一缕无声无形的苦笑。

舍巴尔爷爷在屋子里扯着嗓子喊："日头都冒花子了，咋还不做早饭？是要把人饿死吗？是舍不得粮食吗？"她不应声，踩着有节奏的骂声进了门，坐在板凳上削洋芋皮。舍巴尔爷爷拉着腿爬下炕，从鼻子里使劲地哼出一声，说："你个死老婆子，真真是个三天不打上房揭瓦，年轻的时节还算脚勤手快，老了老了，咋变得这么懒哩？还小气得不行？难道就给人吃洋芋菜？你把肉放下干啥哩？"

舍巴尔奶奶把一抹失笑压进肚子里，声音硬邦邦地还嘴："昨儿晚饭不刚吃的肉饭吗？在肚子里还没消化光哩！你咋就一顿都少不了肉呢？属狼的吗？"说着直通通过去，哗啦拉开了冰箱，摸出一疙瘩冻肉，抱来放在木板上咣咣地剁。冻得太瓷实了，根本切不下。丈夫从切刀落在木板上的声音里听出了女人的不悦，他更不高兴了，胡子一抖一抖，想像年轻时节一样，一胀气那胡子就一根根变粗变硬，向上高高扎起来，那是忍无可忍要动手打人的前兆。但是现在失败了，那一股暗气默默地在肚子里残留着，但是攒不起来，鼓不上劲儿。他摇摇头，忍了。拿起自己做的苍蝇拍了，啪啪啪地打苍蝇。那纸板子很结实，拍出的声音让人心惊肉跳，不像在打苍蝇，像是在狠狠地捶打一个结了半辈子怨的仇人。舍巴尔奶奶打开电热锅，把肉炒进去，剩下的肉放在木板上叫消冻，她想一次都切了，全炒了，滚得烂烂的，再存进冰箱，每次做饭挖一勺子调进锅里就是了，可以少去很多麻烦。两个人的牙口都很不好，不要说肉，饭和菜也都要煮得绵绵软软的才能咬得动。但是舍巴尔爷爷爱吃肉，顿顿饭菜里都要加点儿肉，她有肠炎，胃也不好，她只希望吃个什么也不掺杂的清水洋芋面，可是两个人在一搭吃饭，总不能分开做两样饭菜吧，时间长了，不现实。她就忍让迁就他，这样迁就了一辈子，现在老了，还有啥不能让步的呢？只是每次舀饭的时候，她都要用勺子把肉疙瘩尽可能地刨到他碗里。

肉在锅里“嗓嗓切切”炒得响，像一群人在争吵什么，她感觉炒出了香味和色泽，就旋点儿水盖上锅盖，忙完这一气，累得张着嘴巴换气，坐在个小板凳上缓一缓。耳边听得锅里的说话声变得瓮声瓮气，还是一群人，被人关进了一个深窑洞，出不来，只能一个劲儿在里面嘈杂。门半开着，她抬头看着院子、厨房、车棚、土崖下的几孔老窑洞，都静悄悄的，没有半个人影子在这里走动。尤其那几孔窑洞，装填炕的，装炭的，装洋芋萝卜的，放杂物的，它们的门框和窗子早就拆掉了，已经没有一丝一毫住人的温气儿。早些年它们可是真正地辉煌过呢，就从这土崖的顶上开始，一圈儿高大厚实的土墙围了起来，围成了一个小堡子。她好像又看到了小时候一家人在这堡子里过日子的热闹和富裕。牛和骡子养了一圈，羊一圈，粮食装在最左边那个窑洞里，麦篇子高得她只有骑在哥哥的肩膀头上才能勉强望得到麦子在里面囤积的样子。清油根本不用桶子装，直接盛在头号大黑缸里，用一个长把的圆木勺子往出舀。过些日子犒劳大家，宰一只羊，做羊肉蒸碗子，麻眼睛的娘亲自下厨，老太太双目失明，但厨艺过人，一样的羊肉白面，一样的调货作料，她手底下做出的蒸碗子就是香。等揭开锅，一股白汽翻滚，裹着一团香味扑得人脚跟子都软了，站不稳就得跌跟头。一家老小，算上雇来的人手娃娃，十多口子人，一人端一碗，围着一张大桌子吃，那个香，那个热闹……唉，提起来就像昨儿个发生的事啊，脑子里记得亮清清的，就像她还是个娃娃，还梳着小辫子，穿着花鞋在地上扭着花步子学娘走路哩。娘是碎脚，缠成了一拃长，走路咯拐咯拐不稳当。娘那时候眼睛里还能看到一点儿人影子，气得指着女子骂，骂女子是猴性子……她揉揉眼睛，还是灰塌塌的，娘不见了，老堡子里一家人热热闹闹的情景全不见了。日头爬上来很高了，把土崖高大厚重的影子投在院子里，影子也灰塌塌的。

菜熟了，两个热菜下冷馍馍吃了起来。馍馍是儿子从镇上买来的。二儿子、小儿子两个人每周轮换着回来看他们，开着小车，后备厢里塞满了东西，水果、蔬菜、牛羊肉、馍馍、馒头、饼子、锅盔，怕老人吃腻了，变着花样儿买。她拦挡过几次，说买的馍馍味道不好，一股机子味儿，存在冰箱里时间长了就陈了，他们想吃新鲜的，她搅了酵子要自己做，想吃饼子烙饼子，想吃花卷蒸花卷。儿子不听劝，下回来照旧买一包，大锅盔、糖酥馍、葱花饼。儿子这是在表达孝心呢，她就不好再说啥了，还能说啥呢，自己老了，再提着两个手去起面揉面，确实很不方便。儿子一来就把鞋一脱上了炕，趴在被窝里看手机。儿子身上总是带着一股烟味，她就知道他又去麻将馆里熬了一夜。她忍不住数落他，儿子嘿嘿笑，不还嘴，还是忙着鼓捣手机。小儿子这样，老二也一样。她不明白那么小一个手机，有啥吸引人的，把年轻人的魂给吸去了一样，只要一有空儿就垂着头看。她想给儿子念叨念叨，最近身体上这里那里出现的变化和不舒坦。可是看到儿子只顾看手机，她就煞住了，像丈夫一样，只是默默地望着儿子看。舍巴尔爷爷是个没心没肺的人，儿子买回来一包好吃的他就很满意，守在茶几边不住地吃，胡子上挂着口水也不知道擦一擦。她想骂人，心里头闷闷的都是气。但是骂谁哩？舍巴尔爷爷吗？他耳朵背得很严重，你就是给他说上半天心里的泼烦，他会一直傻愣愣地听着，你以为他听进去了，引起了心里的感触在和你共鸣呢，可是当你问他：“我刚才说了个啥？”他像瓜娃一样张大嘴巴，傻呵呵只是乐和，原来啥也没有听进去。你逼着问急了，他给你驴唇不对马嘴地答复几句，气得你想哭，他还是听不清，只是在心里胡乱猜测呢。唉，老汉娃娃，这人一老就开始返老还童，往回去倒着活了，越来越像个不懂事的娃娃了。

她觉得当务之急是给儿子说说她眼睛不行了的事情，这是个大事，瞒着娃娃，万一哪天看不见彻底瞎了，就麻烦了。那时节自己受罪，给娃娃添麻烦，儿子们还会反过来抱怨她为啥不早说，硬是把病情给耽误了。二儿子来了，又走了。不久，小儿子来了。她试着张了几次口，每一次话都泛出来在舌头尖上蠕动了，却被她又慢慢地吞咽回去了。她张不开口，因为儿子总是抬起头应付一句，然后忙忙地低头看手机，根本不是好好听老人说话的态度。她干脆不说了。说了又能咋样呢？邻居那家的老奶奶，眼里长了翳子，现在摸着走路呢，儿子跑大车，拉到大地方看了，说是白内障，现在还不能动手术。自己现在说出来，就算儿子孝顺，执意拉到城里去检查，能检查出个啥名堂呢？动手术又费钱又要麻烦孩子们来伺候，儿子和媳妇现在都那么忙，闲坐一天就少挣一天的钱呢。别看儿子现在跑回来看望他们，好像在陪着他们，其实心里念念不忘地记挂着镇上的生意呢。

她无声地轻叹了一口气。孩子们孝顺，过几天来一个看看老人，你来我往的，这老院子里才没有彻底清冷下去。但是有一件事她不敢往深处想，现在她和舍巴尔爷爷两个人相守着，一个给一个做伴，万一哪一天谁先走了，撇下的那一个，日子可咋打发呢？如果是她走在前头，丈夫好办，他脾气好，没心性，估计到儿子家里去能把日子凑合着往下过。万一他前头走了，她就恓惶了，三个儿子，她谁也不想跟，老大在新疆太远，老二、老三都租住在街面上，房子小，转腾不开，几辈人挤在那点儿小地方，多不方便。尤其在儿媳妇跟前吃饭，让人家端吃端喝地伺候，她想起那情景就心里冒毛毛汗。她一辈子心性强，啥都自己动手去做，能不求人就尽可能地不去麻烦别人。这么大岁数了，还早晚自己提着两个老手在面水里打滚儿，这也是不想给娃娃们添麻烦。养儿子为了啥，娶儿媳妇为了啥，为的就是等自己老了，脚手都僵硬迟钝了，有人做一碗热饭端到眼跟前，吃个热乎乎的现成饭。可是现在啊，人老五辈手里流传的习惯都被改变了，年轻人全跑出去挣钱去了，钱当然好啊，有了钱，日子好过，他们穿得好了，用得好了，吃嘴儿比过去富裕讲究多了，也有能力对老人表达孝心了。世事是好世事啊，可不是他们这些老年人的好时光了。

晚饭端上茶几，儿子溜下炕，趴在茶几上噗噜噜刨下两大碗，嘴一抹："妈，我得走了。"小车屁股上冒着烟，儿子的脑袋从车窗探出半个来："大，妈，你们有啥事就赶紧给我们打电话，缺啥也言喘，有了头疼脑热就马上打电话！"

舍巴尔爷爷腿脚不便，不敢走下麦场相送，站在大门口上，耳朵不行，听不清儿子从车窗里扔出来的话，但是他装作听懂了，老公鸡啄食一样一个劲儿点头，大声催促儿子快走，天就要黑透了，路不好走。

舍巴尔奶奶随着车送别。儿子开车疯，方向盘在手里玩具一样打来打去，车轮在碾麦场里向后扭几下，然后对着前

图书在版编目（CIP）数据

雄性的江湖 / 马金莲著 . -- 石家庄 ：河北教育出版社，2022. 10

（年轮典存丛书 / 邱华栋，杨晓升主编）

ISBN 978-7-5545-7191-0

I. ①雄… II. ①马… III. ①中篇小说 - 小说集 - 中国 - 当代 ②短篇小说 - 小说集 - 中国 - 当代 IV. ① I247.7

中国版本图书馆 CIP 数据核字（2022）第 156154 号

年轮典存丛书

书　　名　雄性的江湖

　　　　　XIONGXING DE JIANGHU

作　　者　马金莲

出 版 人　董素山

总 策 划　金丽红　黎　波

责任编辑　刘亚飞　赵　磊

特约编辑　张　维　张金红

出　　版　河北出版传媒集团

　　　　　河北教育出版社　http://www.hbep.com

　　　　　（石家庄市联盟路 705 号，050061）

印　　制　天津盛辉印刷有限公司

开　　本　787 mm × 1092 mm　1/32

印　　张　7.5

字　　数　144 千字

版　　次　2022 年 10 月第 1 版

印　　次　2022 年 10 月第 1 次印刷

书　　号　ISBN 978-7-5545-7191-0

定　　价　48.00 元

方猛冲，车走了，一股白烟追随着车尾，追着追着最终被抛下了。

舍巴尔奶奶站在麦场畔上，看着穿过路畔的树丛，快速驶向远处的黑车，暮色从远处的山根下弥漫升腾，正向这里合拢压来。抬头望天上，整片天空像一片揉皱又铺开的老粗灰布，只有最西边那里，日头落下去的地方，一片亮色映照的晚霞还没有消散。她慢慢地抬起头，歪着脖子痴迷地看着西山，那些晚霞像迟归的鸟儿一样挥舞着翅膀，在眼前头慢慢地慢慢地飞翔着，将一片巨大的黑影子投射在天幕上。

舍巴尔爷爷一只脚迈进大门了，忽然有些留恋地回头看了一眼，大声地感叹：“今天的云彩真好看啊，红的红黄的黄，五颜六色嘛，简直把人的眼睛都耀花了。”舍巴尔奶奶揉揉眼窝，再揉揉眼窝，眼前头始终灰蒙蒙的。她默默地跟着丈夫走进大门，回手关门，日子寂寞，两个人一般都是老早就上炕睡觉。回家的整个过程里舍巴尔奶奶都没有吭声，也就没有人能知道她正在心里很深地怀念着从前那些能够看到霞光的旧日子。